頑なベータは超《ハイスペック》アルファに愛されすぎる

真宮藍璃

illustration:
みずかねりょう

JN118596

prism bunko

CONTENTS

頑なベータは超《ハイスペック》アルファに愛されすぎる — 7
あとがき — 306

頑なベータは超《ハイスペック》アルファに愛されすぎる

渋谷区松濤《しぶやくしょうとう》にある、菱沼《ひしぬま》家の屋敷。

まだ早朝の五時半だが、丹精された庭の木々からは、すでに小鳥のさえずりが聞こえ始めている。

佐々木良英《ささきよしひで》は主寝室のドアの前に立ち、眼鏡のブリッジを指ですっと押し上げてから、背筋を伸ばした。

この屋敷の主である菱沼賢人《けんと》を、毎朝この時間に起こすこと。

それは、賢人がCEOをつとめる菱沼グループで彼の専属秘書として働くだけでなく、ハイクラスのアルファの身の回りの世話をする専属のベータ、通称「バトラー」として、プライベートな面でも彼に仕える良英の、毎日の大切な役割の一つだ。

軽く四回ほどドアをノックしたが、中から返事はない。

毎朝のことなので、良英はそのままドアを開けて部屋に入り、ベッドで休んでいる賢人によく通る声で告げた。

「おはようございます、賢人様。起床のお時間です」

声をかけても、ベッドの上の大きなふくらみに動きはない。

昨日は退勤したあと、賢人がアルファ同士の社交の場に行くと言うのでそこに送り届けて別れたのだが、もしや就寝が遅かったのだろうか。

良英は窓辺まで歩み寄り、遮光カーテンを開いた。

南向きの窓から外光が入ると、重厚な内装がさっと浮かび上がる。

それは屋敷の部屋ごとに違っていて、まるで絵画を見ているようだ。

身寄りもなく、本だけを友として暮らしていたベータ児童養護施設から、縁を得て菱沼家に引き取られてきたばかりの十歳くらいの頃、良英は朝のその光景を夢のように美しいと感じていた。

賢人と同じ中高一貫校から大学まで出してもらい、菱沼グループの一企業への就職を機に屋敷を出て一人暮らしを始めたのは、今から五年ほど前だから、もう見ることもないだろうと思っていた。

それが時を経て賢人の秘書となり、さらにはバトラーとして賢人に仕えるようになって、こうしてまた毎朝この美しい光景を目にすることができるとは、思いも寄らないことだった。

「……ん……」

ベッドの上で賢人が身じろぎ、衣擦れの音が良英の鼓膜を揺らす。

森の木々を思わせるような温かみのある香りがふわりと漂ってきて、良英の鼻腔をくすぐった。

賢人が放つ、アルファフェロモンの優雅な香り。

そう認識しただけでかすかな胸の高鳴りを感じて、知らずピクリと眉を顰める。

不躾にならないようつとめながら、良英は眼鏡越しにちらりと賢人に目を向けた。

「……」

少し胸元のはだけたネイビーブルーの寝間着に、腰から下だけかかった薄いブランケット。

アルファ男性らしい、大きくてがっちりとした体格をしているので、クイーンサイズのベッドが小さく見える。

無防備に身を横たえて目を閉じている賢人の姿は、良英にとっては毎日見慣れた光景なのだが、気を抜くとうっかり魅了されてしまいそうなほどセクシーだ。

アルファのフェロモンに惹きつけられるのは、普通はオメガだけだ。

恋愛というものへの感度が極端に低い、しかもベータである自分が、賢人にドキドキさせられてしまうのはどうしてなのだろうと、思春期の頃はかなり戸惑いを覚えていたものだった。

でもこれは、賢人がアルファ同士の両親から生まれた、いわばアルファの中のアルファであるがゆえの反応だ。良英に限らず、一般的にだいたい誰でもこういう感覚になる。

自分は公私ともに彼に仕える身なのだから、あまり惑わされることなく平静を保つのも仕事のうちだ。

良英は冷静にそう思い、ベッドに近づいて告げた。

「どうかお目覚めを、ＣＥＯ。今朝は北米支社の法務部とのウェブ会議がセッティングされています。ランチは来日されているご学友のスミス様と……」

会社で秘書として接するときのように彼を肩書で呼び、今日のスケジュールを少し伝えると、賢人がぱっと目を開いた。

まだいくらか気だるげな顔つきで、賢人が確かめるように言う。

「……ああ、もう朝なのか」

「はい。おはようございます、賢人様」

「おはよう佐々木。……うーん、まだ眠いな」

「昨晩は遅くにお休みだったのですか？」

「それほどでもないが……、できればもう少し、ベッドにいたい」

「では、朝のランニングとエクササイズのお時間を――」

毎日欠かさず行っているトレーニングの時間を夕刻に差し挟めば、一時間ほどゆっくりできるはず。

時計を見ながら提案しかけたところで、ベッドから大きな手がぬっと出てきて、腕をつかまれて引き寄せられた。

そのままコロンとシーツの上に転がされたので、はっとして見上げると、賢人の精悍な顔が目の前にあった。

豊かな黒髪とくっきりとした眉、深い知性を感じさせる漆黒の瞳。

こんなにも間近で見つめられたら、もうそれだけで隠しようもなく心拍数が上がってしまう。まるで自分がオメガになって、アルファの番に迫られているかのような気分になるが——。

（いやまさか。さすがに朝から、それは……）

冷静に否定してみるが、ちょっと判断に迷う。もしかしたら賢人は、本当に「その気」なのだろうか。

実は先日、とあるアクシデントで賢人と寝てしまった。

何しろ出会ったのが十歳くらいで、それなりに付き合いは長い。今さらそういう事態になるとは思ってもみなかったので、お互いかなり驚いた。

だがその後、良英は何度か賢人とベッドをともにしている。おまえとのセックスがとてもよかったから、できればときどき相手をしてほしいと、賢人に請われたからだ。

彼のバトラーになることが決まったとき、良英は先代の菱沼家当主である彼の父親、菱沼卓人《たくと》から、その手の「仕事」も必要ならばこなせるよう、密かに言い含められていた。だから、良英はある種の職業的な義務感から、賢人の願いを承諾したのだった。

とはいえ、まだこの種のつとめには慣れていない。

ほんの少し焦りながら、良英は訊いた。

「……賢人様、この状況は……」

「良英、こういうときは、様、ではなくて」

「賢人、さんと？」

「ああ。そう呼んでくれたら嬉しい」

抱き合うときは、名前で呼ぶ。

それは彼の希望で決めた二人の間のルールだが、こちらは今、なんの心積もりもしていなかった。精悍な顔にどこか甘えるような表情を浮かべて、賢人が言う。

「俺は今、とてもおまえとしたいんだ。朝から求められるなんて、嫌かな？」

はにかんだみたいな問いかけに、ますます胸が高鳴る。

オメガばかりでなくベータをも魅了する、ハイクラスのアルファ。

高邁《こうまい》な理想を掲げ、周りにも高いパフォーマンスと結果を求める厳格なCEOとして、会社では恐れられてもいる賢人。

そんな彼が、ベッドでは普段は見せないような甘えた表情をして、抱き合いたいと求めてくる。

恋愛感情など抜きにしても、こんなにも甘い「求愛」を拒める人間など、果たしているのだろうか。

そもそも自分などが相手で本当にいいのだろうかと、気後れしてしまうくらいなのだけれど……。

(賢人様が、それをお求めなのであれば)

良英にバトラーになってほしいと言ってくれたのは、父親の卓人ではなく、賢人本人だ。

バトラーは一人のアルファのプライベートを長く支える存在であることから、普通は専門的な教育を受けた、家柄もいいベータが就任するものなのだが、気心の知れた間柄であることと、秘書としての仕事ぶりを見て、賢人が自ら打診してくれたのだ。

そこまで信頼されているからには、それこそ賢人に自分の一生を捧げようと、良英は密かに心に決めていた。だから単純に、賢人の希望にはできる限り添いたいと思っている。

何より、今の良英にとってこれはつとめなのだ。彼がそうしたいと言うのなら、朝だろうが夜だろうが、可能な限り応じたい。

良英はごくごく真面目にそう思い、うなずいて告げた。

「賢人様……、いえ、賢人さんがお求めなのであれば、いつでもお応えしたく存じます」

「ふふ、そうか。それは嬉しいな」

賢人が何かおかしそうに言って、良英の眼鏡に両手を添えてすっと抜き取る。

「だがなんというか、まだちょっとこう、硬いな?」

「硬い?」

「ああ。これをするときは、そうだな……。もう少し、リラックスしていてほしいんだ。それこそ、時間すらも忘れるくらいにな」

「……はい、承知いたしました。できるだけ、おおせのとおりに、ン、んっ……」

そもそもリラックスとはどういう状態だったろう、と一瞬考えてしまっていた良英に、賢人がまた小さく笑って、そっと口づけてくる。

温かい口唇の感触に、それだけでうっとりとしてしまう。

（でも、さすがに時間は気にしておかないと）

通いのメイドがやってくる時間は、まだだいぶ先だ。

アクシデントで抱き合った最初のときを除くと、それほど長い時間行為に没頭したことはない。万一時間を忘れてしまったとしても、今朝の予定が大きくずれる心配はなさそうだ。

けれど一応、行き過ぎないよう気にしておかなくては。

良英はまたしても真面目にそう思いながら、賢人のキスに応えていた。

◆◆◆

賢人と初めて抱き合ったのは、今からひと月ほど前のことだった。

その日は、午後から賢人の親友とその番の結婚式に二人で出席する予定で、午前中、少しだけ社に寄ったのだった。

「CEO、おはようございます！　先日お話ししました原料調達の件で提案があるの

ですが、よろしいでしょうか？」

「ああ、聞こう」

「ありがとうございます！　こちらの件、生産地の業者と購入条件を詰め直したのですが――」

菱沼グループの事業持ち株会社、菱沼ホールディングスの社屋の最上階にある、役員フロア。

毎朝賢人が出社する頃合いになると、エレベーターホールからＣＥＯオフィスまでの長い廊下には、重役や役職クラスのアルファが待っている。

賢人は彼らから、様々な報告やプレゼンテーションを受けるのが日課になっていた。

アルファの名家、菱沼家が七十年ほど前に創業した菱沼グループは、元々は化学系メーカーで、今はマテリアル開発からヘルスケア事業まで、多様な分野のケミカル製品の製造販売を行っている、カンパニー制の一大企業だ。

先代のＣＥＯであった卓人が引退し、息子の賢人が後を継いでひと月。

煩雑な会議やタイムラグのあるメッセージのやりとり、稟議などは時間の無駄なので、自分に何か新しい提案があるなら、どこでも呼びかけて五分以内に概要を説明するように、と賢人が命じたため、朝のプレゼンテーションがいつもの光景になっている。

要領を得ない内容であれば、たとえ重役であっても話を練り直すよう言われてそこで打ち切られてしまうので、皆戦々恐々だ。

賢人の口調は終始ソフトで物腰も穏やか、強権的な対応をしているわけではまったくないのだが、良英から見ても、ひどくそっけなく見えることもある。

賢人が求めているのは小手先の経営戦略にのっとった企画等ではなく、もっとステージが上の、今までの価値観を超えた新しい提案なのだが、ぬるま湯のような日本型経営に慣れきっていると、なかなかそれを理解するのは難しい。そしてもちろん、それは良英にとっても同じだ。

だが、ほかの人よりも賢人と過ごした時間が長い良英には、彼のやりたいこと、考えを推し量ることができた。

最初は賢人の思考に追いつけない人でも、良英があとから賢人の意向や言葉の意図について補足説明をすれば、二度目ははねつけられることはない。良英の仕事には、そうやって周囲をフォローすることも含まれている。

そしてそれは、賢人の秘書でありバトラーであり、一つ屋根の下で中高時代をともに過ごした良英だからこそ、できることだった。

『いらっしゃい、良英くん。今日からここがあなたの新しい家よ』

賢人の母親である美都子《みつこ》にそう言われ、笑顔で屋敷に迎え入れられたのは、小学五年生の夏頃のことだ。

国際的に活躍するピアニストである美都子が、全国の児童養護施設でピアノを演奏するボランティア活動の折に、たまたま良英が暮らしていた施設にやってきたのが、良英と出会ったきっかけだった。

良英の両親は、その三年前に事故で亡くなっている。

すでに物心がついていたのでどんな人たちだったのかは覚えているのだが、今はもうあまり思い出したくないタイプの親だった。

『ベータなんて、生むんじゃなかった！』

『アルファも産めないおまえと結婚したのが間違いだった！』

喧嘩ばかりしていた両親の言葉で、よく覚えているのはその二つだ。

アルファとベータの夫婦で、アルファの子供が欲しかった両親は、民間療法的な産み分け方法などをあれこれ試したのち、生まれた子供がベータだったことで不仲になったらしかった。子育てにも関心を失ったのか、最低限の世話をされる以外、良英はいつもほぼ放置されていた。

後年、カウンセリングを受ける機会があったときに振り返ってみて、その頃の自分は幼い心が傷つかないよう、感情を固く凍らせるように抑えつけて生きていたのだと気づくことになるのだったが、両親の死後、ほかに身寄りもなかったために施設に引き取られることが決まったときには、良英はただ、寝起きする場所が変わるだけだと思っていた。

だが施設で職員と接したり、本を読み聞かせてもらったことで、何か少し世界が開けた感覚があった。その後良英は、施設の図書コーナーの本をすべて読み、さらには通っていた小学校の図書室の本もほとんど読んでしまうほどの本の虫になっていた。

本を読むのが楽しかったから、というのもあったが、単純にこの世界に生きるベータとして、世の中のことをもっとよく知りたいという気持ちもあった。

両親に興味を持たれず、ろくに愛情も注がれずに育ったために、人と接する方法がよくわからなかったせいもあっただろう。周りからは本ばかり読んでいる変な奴だと思われて、なんとなくのけ者にされていたのを、今でもぼんやりと思い出す。

でも良英は、本を読み、学ぶことをやめなかった。

施設育ちのベータの子供は、高校を出たら進学せずに就職する者が多いのだが、施設で七夕まつりの笹を飾ったときに、もっとたくさんの本を読み、勉強をして、将来は大学に行きたいと短冊に書いたのだ。

たまたまその短冊に目を留めた美都子が、良英のような夢を持った子供には、勉強に専念できる環境を与えたいと言って、菱沼の屋敷に引き取ってくれたのだった。

ちょうどその頃、バース性や生育環境による教育の不均衡を是正するべきだという世論が盛り上がり、関連法の改正が行われようとしていたので、おそらくその流れもあったのだろう。

数百年ほど前に生み出された、第二の性であるバース性。

現代人は皆、男女の性とは別に、アルファ、ベータ、オメガの三つのうち、どれかの性を持って生まれてくる。そのおかげで、男でも妊娠出産が可能だ。

アルファはあらゆる能力値が高く、人類の理想形と呼ばれており、各界で指導的立場についてリーダーシップを発揮、社会を牽引していくバース性だ。

オメガはほかのバース性よりも小柄で体力面では劣るが、生殖能力に特化したバース性で、定期的にやってくる発情期に、独り身のアルファのみを惹きつける強力なオメガフェロモンを発する。

彼らはともに人口比にして一割ずつの希少な性だが、アルファとオメガとは、「番」と呼ばれる排他的な絆を結ぶことができ、その心身の結びつきは生涯続く。

オメガは高い確率でアルファ性の子供を産むことができるので、アルファを頂点として成り立つこの社会の発展は、ある意味彼らが担っていると言っても過言ではないだろう。

むろんそれ以外の、人口の八割を占めるベータがいなければ、そもそもアルファが上に立つこともできないのではあるが、あえて言葉を選ばずに言えば、ベータはいわば「その他大勢」だった。

『へえ、ベータにしてはよく勉強してるね』

『きみをベータにしておくのはもったいないな』

『ベータなのにすごいね！』

教育やビジネスの場で、ベータの良英は、アルファや、ときには同じベータからも、そんな褒め言葉をかけられてきた。

でもそれは、良英の両親が口にしていたベータへの失望の言葉と表裏一体だ。

ベータは知力体力でアルファに及ばず、オメガほどの生殖能力もなく、どっちつかずな存在だ。皆そんなものだと思っているのか社会問題になることは少ないが、そのことに悩むベータも本当は少なくないはずで、「ベータにしてはすごい」などと言うのは、ベータの心をひどく疲弊させる言葉だと良英は思っている。

発情や生殖など、性にかかわる能力が突出しているせいで、偏見の目を向けられやすいオメガに対しては、あらゆる差別が明確に禁じられている一方で、ベータは軽んじられることも多く、アルファのように学びたい、上を目指したいと望むベータには、施設育ちでなくとも見えない天井があるのが実情といえるだろう。

美都子に見いだされた良英はとても幸運で、菱沼家では優しく親切にしてもらいはしたが、アルファの賢人と同じエリート中高一貫校に入学してみて、良英はそんな社会の現実をまざまざと感じた。生まれてくる子供がアルファだと期待したのにベータだった両親の失望を、共感はできずともほんの少しだけ理解できてしまったのだった。

けれど、たとえ「その他大勢にしては優秀」という立ち位置であっても、アルファが多い環境で多感な十代を過ごし、大学まで出してもらえたのは、良英にとっては僥倖だった。

ベータであっても学ぶことである程度は格差を克服できるのだと感じられたし、菱沼賢人という人が、並のアルファには到底及ばないほどの才気にあふれた素晴らしいアルファ男性だと知ることができたのだから――。

「オメガの人事考課の基準については現時点で最善と思えるが、ベータについてはいまひとつ納得がいかないな」

廊下の途中で足を止め、人事部長からの提言を聞いていた賢人が、小首をかしげてそれに答える。人事部長が少し焦りながら言う。

「ですが、一般的な基準として……」

「それは当然考慮すべきだろうが、我が菱沼グループの人事制度としてはどうだろうか。この案では、それが伝わってこない。ヴィジョンが見えないんだ」

「ヴィジョン、ですか？」

「そのあたりを再考して、また話を聞かせてくれると嬉しい。あなたの提言は、一応気に留めてはおこう」

そう言って賢人が、腕時計を見る。

「……すまない、シカゴの代理人とビデオ通話の約束があるんだ。今日はここまでで。あとは佐々木に話しておいてくれ」

賢人が言って、オフィスに入っていく。

ドアが閉まると、時間切れで賢人と話せなかった営業部の次長と、たった今話を打ち切られた人事部の部長が、くるりとこちらを振り向いた。

「おお、佐々木くん。今から時間はあるかねっ？」

「できれば五分と言わず、もう少しゆっくり話を聞いてほしいのだがっ？」

まるで良英がそこにいることに今気づいたみたいに、二人が訊いてくる。

午前中にオフィスに寄ったのは、賢人のビデオ通話が機密事項にかかわる内容であるためだ。話している間自分が傍についている必要はないので、良英はうなずいて言った。

「もちろんです。今、第二応接室が空いていますね。よろしければそちらでいかがでしょう？」

「いいとも！」

「いやあ、佐々木くんのような優秀なベータがいてくれて、本当に助かるよ！」

そうやって、取ってつけたようにバース性を絡めて褒めたりするのは、賢人の言うところの菱沼グループのヴィジョンからは明らかにかけ離れた言動だと、顔には出さないものの少し呆れる。

角が立たぬよう気を使いつつ、そのあたりから丁寧に説明するのはなかなか骨の折れる仕事だが、これも良英の役目だ。

すべては賢人のために。良英はそう思いながら、二人を部屋へと案内していた。

その日の午後、良英は賢人とともに礼服に着替え、都心にある瀟洒なホテルの庭にやってきた。

そのホテルのオーナーで、賢人の親友、そして良英にとっても中高時代の先輩に当たるアルファの井坂優一《いさかゆういち》と、その番であるオメガの大学生、相沢水樹《あいざわみずき》のガーデンウエディングパーティーに出席するためだ。

（……やはりこれだけ人がいると、注目を集めてしまうな）

アルファ同士の両親から生まれた賢人のようなアルファは、元々高い能力値を持つアルファの中でもハイクラスの存在だ。

体格がよく容姿も端麗であるため、人目を引くのはもちろん、体から発せられるアルファフェロモンが並のアルファより強いせいもあって、表を歩いているだけで、オメガばかりでなくときにベータまでも魅了してしまう。

十代の頃から兆候はあったが、二十代後半の今は、もはや隠しようもないほどその傾向が顕著だ。

本人にも自覚があるので、立ち居振る舞いは常にスマートで、言動も洗練されたものになる。それがさらに人を惹きつけ、ますます目立ってしまうことにつながるのだから、ある意味とても難儀ではある。

もう慣れたよと、賢人は笑い飛ばしているのだが。

「……あ、いたいた。よく来てくれたね、賢人！　佐々木！」

「賢人さん、佐々木さん、こんにちはー」

対になるようデザインされているのがわかる、白く美しいフロックコートに身を包んだ優一と水樹が、手を振りながらこちらにやってくる。

華やかで美しい今日の主役たちに、良英が丁寧に一礼をすると、賢人が笑みを見せて二人に告げた。

「おめでとう、優一、水樹さん。二人ともとても素敵だ」

「ありがとう。こうして無事に式を挙げられたのは、本当に二人のおかげだよ！」

「俺は何も。佐々木にカーチェイスをするよう命じただけだしな」

「あれは本当にありがたかった！　佐々木の機転にも感謝してる。ありがとう」

「……いえ。水樹様がご無事で何よりでした」

まだ二人の結婚が決まる前、水樹が連れ去りに遭い、それを見かけた良英が車で追跡して助けたことがあった。とっさのことだったが、助けられて本当によかったと思う。

水樹の襟の隙間からのぞく細い首には、結ばれた証しの噛み痕らしきものがあるから、優一と水樹はすでに番なのだろうと察する。

良英は幼少期の親とのかかわり方が希薄だったせいか、やや人情の機微に疎く、人が惹かれ合い結ばれるということそのものにもあまりあこがれがないのだが、二人が今、とても幸せなのだということはよくわかる。賢人がうなずいて言う。

「あのときは俺も驚いたが、佐々木はいざというときに頼りになる男だ。まあ、学生時代からそうだったが」

「そういえば生徒会活動とか、演劇部に助っ人に行ったりとか、けっこう二人で一緒にやってたよね？　あれ、でもあの頃の賢人は、佐々木のことを良英って名前で呼んでなかったっけ？」

優一が首をひねりながら言うと、賢人がクスリと笑った。

「俺もそのほうが慣れてるんだがな。賢人様、なんていわれるのも、いまだにちょっと慣れないし」

「違和感がありましたら申し訳ありません。名ではなく姓で呼んでいただきたいというのは私の希望ですので、お手数をおかけしております」

良英の言葉に、優一がへえ、と声を洩らしてさらに訊いてくる。

「それってやっぱり、けじめのある関係でいたいからってこと？」

「それもありますが、私は元々、そのような立場ですので」

中高生の頃は、菱沼の家では兄弟のように過ごしていたし、学校でも先輩後輩として、賢人とはそれなりに親しく付き合っていた。

だが今は、仕事でもプライベートでも主従の関係で、これからもずっとそうなのだから、自分はよくよく分をわきまえていなければならない。

よって賢人には、極力「佐々木」と名字で呼んでほしいと告げてあり、こちらからは肩書で呼んだり賢人様と呼んでいるのだ。

賢人は少しだけ居心地が悪そうだが、アルファとベータが上司と部下だったり、主人とバトラーの関係にある場合、ベータはアルファに対して敬語で話し、呼びかけるときも敬称をつけるのが礼儀なので、賢人のほうも人前でその建前を崩すことはない。

良英としては、理想的な関係性がようやく根付いてきたと思っているので、自分はこのままつつましく賢人を支え、仕えていこうと考えているのだった。

『優一、結婚おめでとう！　きみが番を迎えるなんて、我がことのように嬉しいよ！』

不意に外国人らしきアルファ男性が、優一に英語で話しかけてきた。

どこか期待のこもった目を賢人に目を向けて、男性が優一に訊ねる。

『もしかして彼が、噂の賢人かい？』

『ああ、そうだよ。賢人、紹介するよ。彼はカンザスで綿花の大規模農場を経営している友人で、名前は――――』

優一に紹介されて、男性と賢人が握手を交わす。

単なる友人の紹介というより、ビジネスの相手として、優一が間を取り持っている雰囲気だ。アルファの世界は人のつながりがとても重要視されているので、結婚式のような人の集まる場は交友を広げるいい機会として利用されている。

水樹も話の輪に引き入れられ、歓談し始めたので、良英は一歩下がって後ろに控え、三人の会話を聞くことにした。

するとややあって、良英の携帯電話が震えた。

メッセージが来ていたので、確認すると。

（……明日の件、キャンセルか）

明日の晩、賢人が会食する予定だったアパレル業界の団体の幹部が、急な体調不良に見舞われたため、予定をキャンセルしたいという秘書からの連絡だった。

団体幹部とは早急に話を詰めておかねばならない案件があるため、良英は急ぎ日程を確認し、代替日の候補を返信した。

返事を待ちながら、また賢人たちの会話に耳を傾けると、ちょうど先ほどの農場経営のアルファ男性が、よければ仕事の話をしながら食事でも、明日はどうかと賢人に訊いているところだった。

賢人が明日は予定があると答える前に、良英は横からさっと告げた。

「……賢人様、明日の会食ですが、先方のご都合で延期になりそうです」

「おや、そうか。ならちょうどいい、明日こちらの方と仕事の話をしながらゆっくり食事がしたいのだが、どこかいい店はあるかな？」

「赤坂か神楽坂でしたら、すぐに料亭の個室を手配できます」

こういう急の場合によく利用しているなじみの店を思い浮かべながら提案すると、賢人がうなずいて、また男性に向き直った。

明日の夜、途中から優一も交えて三人で会食するということで、すぐに話がまとまる。

アルファ男性がまた明日、と皆の前を去っていくと、先ほどの団体幹部の秘書からもリスケジュールを確認するメッセージがあった。

優一がこちらを見て、笑みを見せる。

「彼、明後日には大阪に移動しちゃうから、会食するなら明日しか時間がなかったんだ。さすがは佐々木だね」

「いえ、たまたまキャンセルのメッセージをいただいただけですから」

「そうやってさらっと謙遜したりするところも、佐々木の奥ゆかしさだよね。こんな行き届いた秘書もなかなかいないと思うけど、賢人としてはどう？」

「もちろん、とても優秀だと思っているさ」

「バトラーとしても優秀なんだろ？　ちゃんと大事にしてやってるか？」

「してるさ！　当然だろう？　仕事でもプライベートでも、心から信頼しているからな。もういっそ、こいつと結婚したいくらいだよ」

思いがけずそんな軽口が飛び出したので、賢人の顔をまじまじと見てしまう。

信頼してもらえているのならとても嬉しいが、結婚したいほどだなんて、冗談にもならないくらいあり得ない褒め言葉だ。

良英は小さく首を横に振って言った。

「賢人様。そのお褒めの言葉は、何か決定的に間違っておりますよ？」

「ん？　そうかな」

「そうですとも。私はあくまで賢人様をお支えする立場なのですから、パートナーのお役目を担うなど、天地がひっくり返ったとしてもあり得ないことです」

きっぱりとそう言うと、優一がぷっと噴き出した。

「天地がひっくり返ってもか。それはなかなかの難易度だね！」

「佐々木はいつもこの調子だ。どんなときでもクールというかなんというか……、ああ、優一。おまえのところのマネージャーが、捜しているふうだぞ？」

賢人が建物のほうに目を向けて、優一に告げる。

良英もそちらを見ると、優一が経営しているレストランの支配人で、おそらくこの結婚式の進行を任されていると思しきベータ女性の大月《おおつき》がいて、白い薔薇の花束を手に持ってゲストでいっぱいの庭を見回していた。

優一があぁ、とうなずく。

「そういや、そろそろブーケトスの時間だったかな。水樹、行こうか」

「あ、はい」

「それじゃあね。パーティーを楽しんで、賢人、佐々木」

水樹の腰に腕を回して言って、優一が大月が立っているほうに向かって歩き出す。

仲むつまじい二人の背中を良英と並んで見送りながら、賢人がぼやくみたいに言う。

「……まったく。つれないなぁ、おまえは！」

「……？」

「俺がこんなにも想っているのに、この気持ちが伝わらないとは。おまえ、もしや誰かいい相手でもいるのか？　この俺というものがありながら！」

「っ……？」

一瞬何を言っているのだろうと驚いたが、いたずらっぽい表情が浮かぶ横顔や大仰な声音から、どうやら冗談の続きのようだと気づく。

先ほど優一が話題にするまですっかり忘れていたが、高校生の頃、賢人はその華やかな容姿を買われて、部員不足の演劇部の公演に何度か助っ人として出演していた。

家で良英相手に台詞の練習をするときなど、こうやって芝居がかった冗談を言ってくることがあったのを、懐かしく思い出す。

当然ながら最近はそんな機会はなかったが、賢人と演劇の練習をするのは楽しかったし、生い立ちのせいで感情オンチなところのある良英の情緒をいくらか豊かにしてくれた。思い返すととても実りのあるひとときだったのだ。

せっかく振ってくれたのにスルーするのもどうかと思うし、ここはいくらか乗ってあげたほうがいいだろうか。

良英は少し考えて、肩をすくめてみせた。

「あなたのほうこそ、つれない方です。私の気持ちなど、とっくにご存じでしょうに」

「ほう？　俺も少しはうぬぼれていいのかな？」

「そのようなことは……、そう、口に出すまでもないのではないかと！」

「……ふふ、そうか。いいな、おまえのそういう言い方は、グッとくる」

賢人が満足げにうなずいて、頭を傾けて良英の耳元に口唇を寄せてくる。

「今すぐプロポーズしたくなるよ、良英」

「……っ……！」

ありったけの甘さを集めたみたいな低い声で名を呼ばれ、背筋が震える。

賢人にこんな声で本気で口説かれたら、オメガはもちろん、並のベータなら一瞬で身も心も蕩けてしまうのではないか。

冗談だとわかっているから流せるものの、プロポーズしたくなるだなんて言われると、やはりドキリとさせられる。

なんと言葉を返すべきか思いつかず、必死に考えていると――。

「お、飛んできたぞ、佐々木」

「え……？　あっ！」

芝居がかった様子から一転、普段の表情と声音に戻った賢人の目線の先を見ると、白い薔薇の花束がとても綺麗な弧を描いてこちらに向かって飛んでくるところだった。

思わず両手を伸ばしたら、かぐわしい香りとともに花束が手の中にぱさりと落ちた。

結婚式のゲストたちからおお、と歓声が上がり、賢人がにこりと微笑む。

「どうやら次はおまえの番みたいだな？」

「何も、私のところに飛んでこなくても……。結婚の予定も、する気もありませんのに」

思わず小さく本音をこぼしつつも、一応笑みを見せて花束を持ち上げてみせる。

賢人がいつになく楽しげな様子でそれを眺めて言う。

「まあ、そう決めつけることもないだろう？　人生は何があるかわからない。だからこそ面白いんだからな」

「それは確かに、そうかもしれませんが」

賢人のために臨機応変に動くことはまったく苦にならないが、自分の人生に波乱はいらない。

口には出さないがそれが良英の本心だ。

結婚などする気は一切ないし、愛情などという不確かなものを頼りに関係性を作るよりも、尊敬できる主人である賢人に仕える生活のほうがずっといいと、そう思えてしまって……。

「……おい、おまえ顔が真っ赤だぞ？　大丈夫かっ？」

建物の中で記念の写真撮影をするらしく、ゲストの誘導が始まり、賢人と移動しようとしたところで、背後から何か切迫した声が聞こえた。

振り返ると、そこには二人の若い男性がいて、ベータと思しき片方の男性がもう一人のオメガらしき男性を気づかっている。

オメガ男性が細いうめきを洩らし、ふらふらとその場に座り込んだ途端、傍らの賢人が小さく息をのんだのがわかった。

賢人の顔つきが、少し険しくなっている。

良英はベータなので特に何も感じないが、もしやこのオメガは、発情しかけているのでは――――？

「……失礼。発情の兆しを感じます。処置の手配をしましょうか？」

良英同様、確信が持てずにいるベータ男性を尻目に、賢人がオメガ男性に訊ね、上着を脱いで肩にかける。

オメガ男性が弱々しくうなずき、賢人もこちらを見てうながしたので、良英は急いでゲストの誘導をしているホテルのスタッフのところに行き、小声で告げた。

「あちらのオメガ男性が今にも発情してしまいそうです。緊急抑制剤と、お部屋の手

配をお願いできますか。できれば二部屋で」

「二部屋、でございますか？」

スタッフが聞き返しながら、うずくまっているオメガ男性と、彼を守るように寄り添っている賢人に目を向ける。

賢人がアルファだと気づいたのか、スタッフが察したように言う。

「すぐにご用意いたします。少々お待ちを」

スタッフが建物のほうに駆けていく。こういう事態が起きた場合の対処法を思い返しながら、良英はまた、賢人の元に戻っていった。


オメガの発情は、ときに社会秩序の混乱を招くほど強烈だ。

発情したオメガの体からオメガフェロモンが発せられると、番のいないアルファは逃れようもなく昂らされ、人によっては理性を失い、獣のようになってしまう者もいる。

暴走したアルファがオメガを相手に無理やり欲望を遂げてしまう、いわゆる「発情事故」もまれな出来事ではなく、発情に伴う事件や事故は、バース性がこの世に生み出されてからずっと、社会の根深い問題であり続けている。

しかし、ベータには発情もなく、発情によって意識や思考をかき乱されたり、体が昂って制御するのが難しくなったりすることもないため、なかなか我がこととして感じにくい。

だからこういう事態になっても、良英は頭で得た知識でしか対応ができない。

「どうぞ部屋の中へ」

「ありがとう、佐々木」

賢人のために用意された部屋は、エグゼクティブスイートだった。

先ほどのスタッフから、ホテルのオーナーである優一にまで話がいったのだろう。

今日は同じ階に宿泊客はいないから、落ち着くまでゆっくりしてほしいと、良英は彼から直接メッセージをもらっている。

発情しかけたオメガ男性本人も、連れのベータ男性とともにホテルの救護室に連れていかれ、そこで緊急抑制剤を飲んだので、これから別の部屋で休むとのことだ。

大きな騒ぎにならずにすんで、ひとまずはよかったが……。

「……ふう、さすがにちょっと、きつかったな」

ベッドに倒れ込むように身を横たえながら、賢人が言う。

「本格的に発情してはいなかったが、オメガフェロモンをあんなにも間近で浴びたのは久しぶりだよ。まだ少しくらくらしている」

「何か、冷たい飲み物でもお持ちしましょうか?」

「いや、いい。少し横になっていればおさまるだろう。……たぶんな」

賢人が言って、ほう、と深いため息をつく。

アルファなのだから、発情しかかったオメガに近寄ればフェロモンの影響を受けるのは当然なのだが、ああいう場合にオメガを守るのもまた、アルファでなければ難しいところがある。

オメガフェロモンへの感受性には個人差があるため、もしも過敏な体質のアルファが理性を失って暴れ出したら、ベータ数人がかりでも押さえられないことがあるからだ。オメガの安全が確保できるまで、アルファが守ってやらねばならない。

番のいない賢人だが、オメガフェロモンに対して少しは耐性があるのか。彼自身の中でそれをどの程度に見積もっていて、アクシデントの際にどれくらい冷静に振る舞えるのか。

先ほどの出来事で、良英は初めてそれを知ったわけだが。

(……思ったより、苦しそうだ)

極めて落ち着いて対処していたように見えたが、きつかったと言うだけあって、賢人はだいぶ苦しげだ。このまま横になっているだけで、本当に大丈夫なのだろうか。

何かできることはないだろうかと考えていると、賢人が眉根を寄せてシーツの上にあおむけになり、いとわしげに指でネクタイを緩めた。

「……っ……」

衣擦れの音とともに心地のいい匂いがふわりと漂ってきたから、危うく妙な声を洩らしそうになる。

森の木々を思わせる、温かみのある優雅な香り。

オメガだけでなく、ときにベータまでも魅了してしまう賢人の、フェロモンの香りだ。オメガの発情に煽られたためか、いつもよりも強く発せられていて、匂いに慣れているはずの良英でも、一瞬くらりとしかかった。

賢人は今、性的にとても昂っている。だからいつもよりもさらに強く、ベータである良英を惹きつけてしまっているのだ。

だがその感覚が、良英に一つの答えをもたらした。

自分が今、賢人のためにできること。それは——。

「……あの、賢人様？」

「ん……？」

「差し出がましいことかもしれないのですが、その……、私などでよろしければ、昂りを静めて差し上げたいのですが」

「……なに？」

まったく意味不明な言葉を聞いたという顔で、賢人がこちらをまじまじと見つめてくる。

言葉を口にした良英本人も、いきなり何を言っているのだと自分に問いかけたいくらいだが、それは今、良英ができる最善であるように思えた。

先代当主の卓人から言われていた、その手の「仕事」も必要ならばこなせるようにという言葉。オメガフェロモンに煽られて昂らされてしまった賢人を目の前にして、良英は初めて、あれがまさにこのような事態に対処することを想定していたのではないかと思い至ったのだ。

良英が真っ直ぐに見つめ返すと、ようやく言葉の意味を理解したらしく、賢人が目を見開いた。

だが合意を得られるのかと思いきや、賢人は首を横に振って言った。

「いや、待て。いくら優秀なバトラーでも、おまえにそんなことまでさせられない」

「お気になさらず。これも私のつとめと考えておりますので」

「そんなつとめがあるものか。なぜいきなりそんなことを？」

賢人にしては珍しく、いくらか狼狽の色を見せて言うので、一瞬何か間違えたかと不安になった。

でもベッドに近づくと、賢人が放つフェロモンの香りがますます強くなっているのがわかった。

額はかすかに汗ばみ、目元はどこか艶めいている。緩められた襟からのぞく喉元はひくひくと脈打っていて、呼吸するたび上下する胸は、シャツの下でパンと張り詰めている。

文字通り匂い立つほどに美しく、たまらなくセクシーな、アルファの中のアルファ。否、そんな言葉すらも陳腐に思えるほどに、彼のアルファとしての存在感は強烈だ。ただそこに横たわっているだけなのに、こちらもひどく気が昂ってくる。

賢人のスラックスのフロント部分にさっと目を走らせると、わずかに盛り上がっているのがわかった。

賢人が当惑しきったように言う。

「……落ち着け、佐々木。一度状況を整理しよう」

「整理できておりますとも」

「とてもそうは思えないんだが？」

「こうしたことは初めてなのですから、戸惑われるのは当然です。ですがどうか、私にお任せください。私はバトラーになってからずっと、密かにこのような事態に備えてきたのですから」

「備えてきたっ……？」

「はい。いざというときにはこの身をもってあなた様をお慰めできるよう、しっかりと準備してまいりました。あなたは何もなさらなくていい。私がすべて行いますから」

「……おまえ……」

賢人が目を丸くして絶句する。

準備してきたなどと言われれば、驚くのも無理はないだろう。さすがに事の詳細まで彼に告げるつもりはない。

というか、それを話すのは自分でも恥ずかしすぎる。

一般にベータの、特に男性の体は、アルファとの性交にはあまり向いていないといわれている。

生殖能力が高いオメガは、アルファの巨大な生殖器を受け止めるため、柔軟で潤いやすい体質をしているのだが、ベータ男性の体はそうではないからだ。

とはいえ、アルファとの交合を望むベータ男性も世の中には当然に存在しており、ドラッグストアなどにはそういう人向けの、いわゆる拡張器具というものが売られている。

良英はそれを使って、自分の体を開発していたのだ。

「備えといえば……、このホテルには、我が社のアメニティー製品が納入されていましたね。しばしお待ちを！」

これからすることを順に考えるとどうしても必要なものが、このホテルのバスルームにはあるはず。

そう思い至ったので、良英は急いでバスルームに行き、洗面室の台の上に並べられたガラスの小瓶を見つけて手に取った。

ベッドの傍に戻ると、賢人が小瓶を見て言った。

「それはこの間、俺と優一とで企画した……」

「はい、マッサージオイルです。開発計画書の優一様の補足メモに、性交時の潤滑剤としての使用も想定されている旨、記述があるのを確認しております」

「確かに、俺も目にした気がするが……、驚いたな。そこまで本格的に、準備を……？」

もはや驚きを通り越してしまったのか、賢人がどこか面白がるような笑みを見せて訊いてきたから、良英はうなずいて告げた。

「どうぞお任せください、賢人様。バトラーとして、必ずやり遂げてみせます！」

自らに言い聞かせるみたいな言葉だが、口に出したことで自分の本気を確かめられた。

眼鏡を外してサイドテーブルに置き、上着を脱いでネクタイも外して、袖をまくりながらベッドに乗り上げる。

真っ直ぐに賢人を見つめて、良英は短く言った。

「……服を、緩めますね」

一瞬見つめ合った賢人が、拒絶の意思を見せなかったので、彼のベルトに手をかけて外し、スラックスのフロントを開く。

下着に包まれた彼自身は、しっかりと欲望の形になっている。大切なものを扱うときのように、丁寧に下着をずらしてみると。

（……すごい）

ベータとだけだが、一応性体験は人並みにある。賢人との万一の事態に備えて拡張器具を使って準備もしてきたが、現実のアルファと性交するのはこれが初めてだ。

あれこれ予想はしていたものの、実際に目の前にした賢人の屹立したそれは、頭で想像していたよりもずっとボリュームがあった。張り出した頭の部分が大きく、脈打つ幹も太くて、根元にはアルファだけが持つこぶ状のふくらみ――亀頭球がある。

アルファが一度に射精する精液はとても量が多いため、性交の際、相手の体内に注いだ液が洩れ出てしまわぬよう、亀頭球を埋め込んで塞ぐのだ。

アルファの生殖器は、バース性の頂点に立つアルファの卓越した能力や、生命力の強さをそのまま形にしたような、ある種グロテスクさすら感じる形状をしている。

でも、不思議と恐怖や嫌悪は感じない。ベータの身からすると、アルファの力強さには憧憬の念すら覚える。賢人のこの昂りを静めることができるのなら、我が身を投げ出すのにためらいは覚えなかった。

とはいえ、いきなりつながるのも即物的すぎる。こちらにも受け入れるための準備があるし、まずは手と口とで慰めようか。

良英は賢人自身に指を添え、先端部を口に含んだ。

賢人が身じろぎ、小さく息を乱す。

(大きい、な)

熱くて硬い、賢人の切っ先。

先の部分を口にしただけで、賢人のそれが規格外のサイズであることが身をもって感じられた。

口唇を窄め、ゆっくりと幹まで咥え込んでみたが、喉奥まで含んでも付け根どころか亀頭球にすら届かない。あまり無理をすると苦しそうだ。

良英はゆっくりと頭を上下させて、窄めた口唇と頬の内側とで、熱杭を吸い立て始めた。

「ん、ん……」

口淫をするのは初めてではないが、やはり賢人の大きさは桁違いだ。

歯を立てぬよう注意しながら、幹の裏側に舌を押し当ててきつく吸い上げると、指を添えた根元に、ジュッと血流が流れ込んでくるのが感じられた。

熱棒がさらに嵩を増したので、どこまで大きくなるのかと、おののいてしまう。

(でも、感じてくれてはいるようだ)

ボリュームが増すのと同時に、先端のスリットから、何か青い味がするとろりとした蜜がこぼれ始めたのがわかる。

これはおそらく透明な蜜液で、賢人が快感を覚えているしるしだ。

賢人をしゃぶりながら目を上げてみたら、口淫する良英をどこか悩ましげな顔で見ている彼と目が合った。

「っ……」

艶麗な色香が漂う賢人の表情に、ゾクゾクと劣情が煽られる。

彼のそんな顔を見たのは初めてだ。実際に触れる機会がなければ想像が及ばないところは当然あるだろうとは思っていたが、そんな表情で見られたら、それだけでこちらも興奮させられてしまう。

雄をさらに奥までのみ込んで口唇でこすり上げると、賢人がああ、とため息を洩らして言った。

「……とてもいいよ、佐々木。おまえにこんなふうにしてもらえるなんて、思ってもみなかった」

「ん、ぅっ」

「だが、無理はするなよ？　あまり奥まで咥えると、苦しくなってしまうぞ？」

賢人がそう言って、良英の髪を優しく撫で、地肌に指を滑らせてくる。

甘さのある低音の声と、ふっくらとした指の腹の感触。

今まで意識したことがなかったが、賢人の声は耳に心地よく、指で触れられるととても温かい。森を思わせる彼の匂いとともに、それらも良英を昂らせるものがあるようで、徐々に体が熱くなってくる。

知らず息を乱しながらしゃぶり上げると、賢人の雄もこれ以上ないほど凶暴なサイズになってくる。口の中を彼が何度も行き来するにつれ、良英の口腔には唾液があふれ、頬の内側もしびれてきた。

刺激を与えているのは良英のほうだし、今まで特に感じる場所ではないと思っていたのに、だんだんこちらが彼に口腔をこすられているみたいな感覚になってくる。体が刺激を快感としてとらえているのか、背筋が震えてきた。

(こんなふうに、なるのか)

こうした事態に備えるために己に触れてはいたが、現実の賢人と触れ合うのは、それとはまるで異質な体験だった。

想定していたよりも賢人から受け取る情報量が多いというか、彼の反応にこちらも煽られるので、完全に冷静ではいられない。良英の体の奥にも淫猥な欲望の火がともって、冷静でありたいと必死な意識をかき乱してくるかのようだ。

でも、それに流されるわけにはいかない。そろそろ彼を受け入れる準備をしなくては。オメガフェロモンで昂らされた賢人の身を、自分の体で静めるのだから。

何やら陶然となりながらも、良英は己が使命を思い出し、賢人自身を深々と口に咥えたまま衣服を緩め、下着ごとスラックスを脱いだ。

ガラス瓶のふたを開けてオイルをたっぷりと手に垂らし、そのまま狭間に指を滑らせ、自ら窄まりに触れる。

そうして柔襞をくるりとなぞってから、オイルを施した指をくぷっと中に沈めていく。

「っ、ン……」

最初に試してみたときは、指が少しも中に入らなかった。

だが潤滑剤や拡張器具を使って時間をかけて慣らしてきたので、今ではそこを自分で柔らかく開くことができるようになった。二本、三本と順に指を増やしても、痛みや引きつる感じなどはない。

良英の体温でオイルが温まったせいか、ブレンドされた香油の甘い匂いが、部屋にふわりと漂い始める。

「……なるほど。おまえが備えてきたと言った意味が、よくわかったよ」

賢人がかすかに欲情をにじませた甘い声で言う。

「子供の頃からの付き合いのおまえとこういうことをするんだと思うと、なんとも複雑な気分だが、おまえのプロ意識には感服する。これからは俺も、よき主人であるようつとめなくてはな」

そう言ってもらえると、バトラーとしては嬉しい。結局は、彼がよき主人でいてくれてこその自分なのだ。

だが、彼の言葉からは驕りなどは少しも感じられない。主従の関係ではあっても、人としては互いに対等だと言ってくれているように感じて、ますます賢人への尊敬の念が深まる。

(……そろそろ、受け入れられそうか？)

指で感じる後孔の具合と、口腔に収めた雄のサイズを比べて、受け入れても大丈夫そうか判断しようとしてみたが、これぱかりは実際にやってみないとわからなそうだ。

一瞬避妊のことが頭をかすめたけれど、自分はオメガではなくベータなので、この一度の行為で子を孕む可能性は限りなく低い。

良英は冷静に賢人の局部から口を離し、体を起こした。賢人の衣服が汚れぬよう、彼の下着とスラックスを脚から引き抜き、ワイシャツのボタンも外して大きく前を開く。

鍛え上げられた胸筋や腹筋のまばゆい美しさに目を奪われそうになったが、気を取り直して彼の腰の上にまたがる。

彼の屹立にそっと手を添え、切っ先を後ろにあてがうと、その熱に体が戦慄した。

「つながりますっ……」

おののきを振り払うように短く告げ、腰を落とす。ほどけた後孔に、頭の部分がぐぷりと入り込んでくる。

「……っ、うっ、ぁ、あ……！」

硬くて大きな肉の楔に体の芯を貫かれ、圧入感に息が詰まる。

拡張器具などとは比べものにならないほどの、熱とボリューム。

熱した刀身に生きたまま串刺しにされるみたいな感覚に、体が本能的な恐怖を覚えたのか、全身の毛穴から汗が噴き出てくる。

思わず前屈みになり、よろよろと賢人の腹に手をつくと、彼が良英の腰を両手で支えて、気づかわしげに言った。

「あまり急ぐと怪我をする。無理はするな」

「は、ぃっ、心得て、おりますっ」

どうにか答えて、気を落ち着けようと呼吸を整える。

手を伸ばして結合部に触れ、そのまま指を下ろして彼自身にも触れた。

挿入は、まだ半分くらいだろうか。

熱さと重量感のすさまじさには驚いたが、時間をかけて受け入れればすべて収められそうだとどうにか冷静に分析をする。

良英はふう、と深呼吸を一つして体のこわばりを解き、上体を真っ直ぐに起こした。

シーツについた膝を使って腰の高さを保ちながら、少しずつ賢人をのみ込んでいく。

「んっ、ん、は、ぅっ」

窄まりに力を入れたり緩めたり、腰を落としたり止めたり。

つながった部分や体を支える脚、上体の筋肉も使って、肉杭を後ろに咥え込むことに意識を集中する。

きちんとほどき、オイルも十分に施したので、拙速な動きをしなければつらくはない。ある程度受け入れれば、あとは自重で落ちていくだけで、内襞は柔らかくぬるりと雄をのみ込んでいく。

拡張器具でも、それは同じなのだが。

(賢人様に、侵食されていくようだ……！)

無機質な器具と人の体とでは、こちらが受け止める感覚がかなり違う。

じわり、じわりと入り込んでくる剛直に肉筒を押し開かれ、内奥までみっしりと埋め尽くされていくにつれ、今まで味わったことのない、なんとも不思議な感覚に陥ってきた。

自分のものであるはずの体が、他者の——賢人のものにされていく。

身も心も、彼に支配されていくような……。

「……ふふ、たまらないな、これは」

賢人が低く笑って言い、目を細めて良英を見上げる。

「想像もしていなかったよ。おまえの懸命な姿に、こんなにもそそられるとは」

「賢人、様……？　ぅ、あっ」

賢人がわずかに腰を揺すり、下から雄を突き挿《い》れてきたので、喉奥で悲鳴を上げる。

そそられる、だなんて、こちらこそ予想もしなかった言葉だ。

自分はお世辞にも色気があるほうではないし、美麗な肉体をしているわけでもないと自覚があるだけに、そんな言葉を告げられると逆に恥ずかしくなってしまう。

でも賢人がそう感じるのは、ただ単に昂っているせいもあるのかもしれない。劣情で目がくらんでいるとも考えられるが、どちらにしろこの行為は、予期せず昂らされた彼の体を静めるためにしていることなのだから、何があっても恥ずかしがることはないだろう。

良英はそう思い直し、賢人の動きに合わせて腰を落とした。最奥に届く感覚があったので、あと一息だとグッと身を沈めると、賢人が腰を揺すり上げて動きを止めた。

「……っ、あ……！」

いっぱいまで広がった窄まりに熱いものが触れ、後ろを塞がれたような感触に、思わず眉根を寄せる。

おそらく、良英の後孔に賢人の亀頭球が押し当てられているのだろう。賢人がうなずいて言う。

「すべておまえの中に入った。苦しくはないか？」

「……はい……っ」

普通に返事をしたつもりだったが、自分の声がかすれていたので少し驚く。

いつの間にか、喉がカラカラだ。まだつながっただけなのに、普段使わない筋肉を使ったせいかすでに疲労感がある。

賢人が思案げな目でこちらを見上げる。

「……おまえの中、とても狭いぞ？　アルファとするのは、これが初めてなんじゃないのか？」

「……っ……！」

「行為そのものにも、あまり慣れてはいない印象を受けるが。違うかな？」

あっさりと見抜かれてしまい、うろうろと目が泳ぐ。こちらの経験の有無は、触れ合えば伝わってしまうものなのだろうか。

もしやあまりにも拙いので、興ざめしてしまったか……？

「も、申し訳、ありませ……！」

「なぜ謝る？　俺のためにここまでしてくれるなんて、本当にありがたいことだと思っているぞ？」

「で、すがっ」

「ここからは俺に任せてくれ。なるべくつらくないようにする」

「あっ……？　うぅっ！」

いきなり大きく体が反り返り、視界がぐらりと揺れたので、めまいを覚えたのかとひやりとした。

だが揺れが止まると、艶めいた表情の賢人の顔が目の前にあって、その向こうには部屋の天井が見えた。つながったまま賢人に抱きかかえられ、正常位に体位を変えられたのだと気づいて目を見開く。

間近で見つめたまま、賢人が短く告げる。

「動くぞ。楽にしていろ」

「つ、あ！　ぁ、ひぁっ……！」

賢人がゆっくりと腰をしならせ、つないだ雄を行き来させ始めたので、裏返った悲鳴を上げる。

痛みこそなかったが、巨大な熱杭に内壁をこすられる衝撃はすさまじい。相当加減して動いてくれているのがわかるのに、揺さぶられるたび体をばらばらにされてしまいそうだ。

アルファ生殖器のまがまがしいまでのボリュームをこれでもかと感じさせられ、おののきで肌が粟立ってくる。

それに気づいたのか、賢人が優しく言う。

「怖がることはない。おまえはちゃんと俺を受け止めている」

「賢人、さ、まっ」

「四肢に力が入っているぞ。もっとリラックスしろ」

「あ、あっ、そ、んなっ」

良英を剛直で穿ちながら、賢人が良英自身に触れて指でもてあそんできたので、ビクビクと腰が揺れる。

彼にそこに触れてもらえるとは思わなかったので驚いたが、温かく大きな手で包み込まれ、優しくしごかれると、快感で身悶えしそうになる。

後ろと前とに意識が分散されて、抽挿の衝撃が和らいだ気がするけれど、賢人に悦びを与えられているのだと思うと、先ほどとはまた別の恥ずかしさを覚える。

賢人を気持ちよくしなければならないのに、自分が気持ちよくしてもらってどうするのだと内心慌てていると、彼がわずかに息を乱した。

「……ああ、奥が少し、開いてきたな。おまえの中が俺に慣れて、甘く熟れてきたのがわかるよ」

「熟、れっ……？」

「もっと俺を感じてくれ。俺はおまえにも、悦びを感じてほしいんだ」

「あっ、ぁあ、ん、んっ」

賢人の動きがリズミカルになり、前を慰める手の動きも強くなったから、快感で声が濡れる。

淫猥な熱を静めるために、ただこの体を使ってくれればいい。

こちらはそれくらいに思っていたのに、おまえにも悦びを感じてほしいだなんて、予想もしていなかった言葉だ。

でも、考えてみれば賢人はそういう男だ。

名のある家にアルファとして生まれ、将来はよき血筋の健康なオメガと番になることを当然視されて育った賢人だが、たとえ政略結婚の相手であっても、できれば愛を育みたいのだと、見合いの席ではいつも相手に告げている。

夫婦の愛がどんなものなのか実感が湧かない良英だが、一方的な搾取や収奪をよしとせず、人として尊重し合うことを大切にしたいと考える、賢人のそんなところも、尊敬しているのだ。

「……あ、ううっ！」

中がなじんできた頃合いなのか、賢人が良英の欲望から手を離し、両脚を抱え上げてきた。腰が浮いて上向いた狭間にグッと腰を寄せ、肉の楔を突き挿れる角度を変えて、抽挿のピッチを上げてくる。

「ひ、ぁっ、ああっ、あっ！」

勢いを増した律動に、トーンの高い声が出てしまう。

内奥をぐいぐいと押し広げられて、そのまま中を破られてしまいそうだ。

だが熱棒の幹で繰り返し肉筒をこすり上げられるにつれ、内腔全体が徐々に熱を帯び、とろりと潤み始める。最初はぎしぎしとした摩擦感を覚えるだけだったが、だんだんと甘いしびれを感じ始めた。

これは悦びの兆しだ。それを感じ取ろうと、無意識に腰を揺すると。

「は、ぅうっ！」

「このあたりが、好きなのか？」

「は、ああっ、待っ、あぁっ！」

肉筒の中ほどにあるいい場所を、賢人の張り出した頭の部分で何度も抉られ、がくんと頭がのけ反る。

そこは良英の弱みなのだが、硬く大きなアルファの肉杭でなぞられると、今まで感じたことがないほどの凄絶な悦びが爆ぜ、背筋をビンビンと快感が駆け上がる。

思わず腰を揺すって動きに追いすがったら、賢人が良英の両脚を抱え直して、最深部まで己を沈めてきた。

「はあっ、ああっ、うう、ふ、ぅっ」

腰を強く打ちつけられて内奥をズンと突き上げられ、抜けそうなほど引き出されて、また素早く最奥まではめ戻されて。

アルファの身体を存分に生かしたダイナミックで力強い動きに、良英の内筒も応えるように蠢動する。長いリーチをたっぷりと使った大きなストロークのたび、鮮烈な喜悦に全身が震え上がった。

奥の奥までかき回され、気が遠くなるほど感じさせられて、己を保てなくなるくらい意識をかき乱されていく。

「ひぅうっ、はあっ、ぃ、いっ、いいっ」

「よくなってきたか？」

「は、いっ、気持ち、いっ……！」

「俺もだ。おまえが絡みついて、きゅうきゅうと締めつけてくる。たまらない感触だ……！」

「ああっ、あああああっ」

賢人が息を乱して良英に覆いかぶさり、最奥までズンズンと熱杭を突き立ててきたから、こちらもたまらず悲鳴を上げる。

手加減するのが難しくなったのか、賢人の動きにはもう抑制を感じない。腰が当たるたび体が波打って、ガクガクと身を揺さぶられる。

アルファとのセックスはこんなにも激しいのだと、圧倒されるけれど。

（気持ちが、いい……！）

賢人と抱き合いたいなどと、これまで一切考えたことがなかった。

だがこれは、間違いなく今までで最高のセックスだ。

こんなセックスを知ってしまったら、もしかしたらもうほかの相手では満足できないかもしれない。バトラーとして、主人に欲望を抱くなんて許されないのに、これからは彼を見るたび、また抱かれたいなどと不埒なことを思ってしまいそうだ。

それを理性で抑えるのは、相当難儀だろう。そもそも今までだって、良英は賢人の肉体に魅了されていたのだ。

賢人がハイクラスのアルファだから、ベータながら惹かれてしまうのは本能のなせる業ではあるが、こうして彼を知り、彼に与えられた快楽を体が求めてしまうようになるのなら、それはもうただの言い訳にすぎない。自分は心の底では賢人とこうなりたいと思っていたのではないかと、そんな疑念すらも浮かんでくるほど、良英は悦びを覚えてしまっている。

どう考えても、これはとてもまずい状況だ。

でも、時間は戻らないものだ。賢人の昂りを静めようとしたはずなのに自分が快感に溺れ、我を忘れて啼き乱れて、今まさに、彼の肉杭で快楽の頂を――――。

「ぁ、あッ、達《い》、きますっ、もぅ、達って、しま、いま……！」

抑えることもできぬまま、良英は一息に絶頂に達した。

己の先から白いものをまき散らしながら、それと察して動きを止めた賢人の幹を、後ろでぎゅう、ぎゅう、といやらしく搾り上げる。

あまりにも壮絶な悦びに、気が遠くなってしまう。

「……そんな顔をするんだな、おまえは。知らなかったよ」

良英が達する顔を眺めながら、賢人が言う。

こちらに引きずられて達してしまうのをこらえたためか、賢人は切なさに耐えるような表情をしている。形のいい額には汗が浮かんでおり、目の奥にはほの暗い情欲の色がちらちらと瞬いている。

良英だって、知らなかった。賢人がこんなにも艶麗な表情を見せるなどとは。

「おまえのいい顔を、もっと見たい。俺にもっと、さらけ出してくれ」

「け、んと、様っ……、ぁ、うぅ、ぁあ、あああっ――――」

欲情に濡れた目をしてこちらを見つめたまま、賢人がまた動き出す。

もはやまともな思考などできぬまま、良英はただ、淫らにあえいでいた。

『……名ではなく、「佐々木」と姓で呼ばれたいと？』

『はい。今後はぜひ、そうしていただきたく』

『理由を聞かせてくれないか。そうすべきだから、という類いのものではなく、おまえの考えをだ』

『あなたとは、今までもこれからも、主従の関係であるからです。私はよくよく、己が分をわきまえていなければなりません』

ひと月ほど前。

賢人にバトラーになってほしいと言われたときに、二人で交わした会話だ。

すでにだいぶ前の出来事のように思えるし、菱沼の家に引き取られ、同じ屋敷で暮らした中高時代などは、はるか遠い昔の夢か何かのように感じる。

むろん、多感な時期ゆえに記憶としてはとても濃く、今でも色あせない青春の思い出などもたくさんある。

だが実際のところ、賢人とはその後の離れていた時期のほうが長い。

賢人は良英より一学年年上で、高校卒業後にニューヨークの大学に進学し、そのままビジネススクール、博士課程を経て、菱沼グループのニューヨーク支社を任されるに至った。

一方良英は、東京の大学で経済学を学び、一般試験を経て菱沼グループのアパレル系カンパニーに就職、ベータの一般的なキャリアパスのとおりに、販売の現場や企画の部署、流通部門などで働いていた。
二、三年に一度、帰国の折に短い時間会ったりはしていたし、ビデオ通話やメッセージのやりとりなどもしていたが、基本的にはほぼ十年、互いに離れて暮らしていたのだ。
ところが半年前、賢人が菱沼グループの新しいカンパニーの立ち上げのため帰国し、良英は社長に就任した彼から直々に、専属の秘書になってほしいと打診された。

一応それ自体は単なるグループ内での人事異動といえる。

だが、お互いすっかり大人のアルファとベータになったのにもかかわらず、賢人は昔と変わらぬ親密な態度で接してきた。良英は正直、もう少し周りの目を意識してもらいたいと感じた。

さらに、CEOに就任するタイミングでバトラーにもなってほしいと意向を伝えられたことで、二人の関係性になんらかの一線を引く必要を感じたのだ。

それで、さんづけだったのを様づけに敬称を変え、向こうからも佐々木と名字で呼んでもらって、彼とある程度の心理的距離を保ってきた。

言うまでもなく、身体的な距離もだ。

「……ん、ん……？」

「ああ、すまない。起こしてしまったな。そのまま楽にしていてくれ」

賢人の落ち着いた声と、体をごろんと転がされた感覚。

ぼんやり目を開くと、見覚えのある天井が見えた。

しばし状況がつかめなかったが、これは確か、ホテルの部屋の天井では……？

「っ……！」

バスローブを着た賢人が目の前にぬっと現れたので、目を見開く。

どのくらい寝ていたのかはわからないが、賢人とベッドをともにして啼き乱れた挙げ句、最後には気を失ったのだったと思い出す。

慌てて起き上がろうとしたが、賢人が良英の腕にバスローブの袖を通し、前を合わせてひもを締めようとしているのに気づき、動きを止めた。

どうやら、裸の良英にバスローブを着せてくれていたようだが、こちらを見つめる賢人の目は、思いのほか気づかわしげだ。

裾を整えたのちに良英にふわりとブランケットをかけて、賢人が言う。

「ざっとだが体は清めて、シーツも替えておいた。優一には明日までここに泊まると連絡しておいたから、このまま朝まで寝てくれていい。体に、かなり負担がかかったはずだからな」

「賢人様……、ですが」

「今夜はなんの予定もないし、明日は休日だ。例の農場経営者との会食にも、同行は不要だよ。とにかくゆっくり休んでほしい」

賢人が言って、ベッドに腰かける。

「まさかこんなことになるとは思わなかったよ。本当に、すまなかった」

どうして謝られるのかわからなかったが、精悍な賢人の顔が曇り、申し訳なさそうな表情を見せているので、良英はブランケットに包まったままゆっくりと起き上がった。

「……っ」

腰に甘苦しい痛みを感じ、危うくもう一度ベッドに倒れ込みそうになった。

でも、それではますます賢人を気づかわせてしまう。

良英は痛みをごまかすように周りを見回し、サイドテーブルに眼鏡を見つけて取り上げ、かけながら言った。

「そのような……。あれはアクシデントです。賢人様は、何も悪くは」

「アクシデントだったからこそ、俺はもっと冷静になるべきだった。なのにおまえにあんなことをさせてしまった。途中からは、俺も自分を抑えることができなくなって……。俺はおまえを、傷つけたのではないか？」

思いがけずそう訊ねられたが、それもどういう意味なのかわからなかった。

だが、一般的に上司と部下の関係でこういうことになれば、そのときは問題なくても、あとからハラスメントがあったと感じる人もいるだろう。賢人は良英に対し加害行為をしたのではないかと、自責の念を覚えているのかもしれない。

でも良英は、バトラーのつとめとして身をもって賢人を慰めただけなのだから、それで傷ついたりなどはしていない。

だからその点については、全力で否定したいのだが……。

(傷つくどころか、私は、何度も……！)

あんなにも昂っていたのに、賢人が吐精したのは一度きり、それも冷静に良英を気づかって、体内ではなく外に放ってくれた。

なのに、彼の昂りを静めようとしたはずの良英のほうが、我を忘れてはしたなく感じまくり、何度も絶頂に達してしまった。

思い返すと自分があまりにも浅ましくて、消え入りたくなってしまう。

あれほど恥ずかしい姿をさらした自分が、これからも賢人の傍で秘書として、バトラーとして働くのだと思うと、いたたまれなさで卒倒しそうだ。今すぐ暇を告げ、彼の前から姿を消したいと、そんなことまで思ってしまう。

とはいえ、つとめそのものは、ギリギリこなせたと考えてもいいのではないか。良英の気持ちがどうであっても、ひとまず賢人の昂りを静めるというミッションは達成できた。卓人に言い含められていたつとめを遂行するため、密かに備えていたことが役に立ったのだ。

賢人にもそう思ってもらえれば、これ以上気持ちを煩わせることもないだろう。

良英は賢人を見つめて言った。

「私は傷ついてはおりません。その点、お気づかいは無用です」

「だが……」

「先ほども申し上げましたが、私は常々ああした事態に備えておりました。それは、大旦那様もご承知のことです」

「……なんだって？」

「バトラーたるもの、あのような事態にも迅速に対処できなくてはならぬと、大旦那様がおっしゃっていました。それで私も、準備をしておりました次第です」

「親父が、そんなことを……？」

賢人が訝るように言う。

どうやらこの話は、賢人のあずかり知らぬことであったらしい。

でも、いわゆる発情事故に巻き込まれることなど、そもそもめったにない。良英にしても、密かに備えよと命じられていたわけで。

「ご推察のとおり、アルファの方との行為自体は初めてでしたので、至らぬところはありましたが、私はあれもバトラーの仕事のうちと心得ております。ですからどうかこれ以上、お気になさらぬようお願いいたします」

良英の言葉に、賢人が黙る。

その顔にはなおも怪訝そうな表情が浮かんでいて、こちらを見つめて何か考え込んでいる様子だ。何か納得がいかないところがあるのだろうか。

「仕事、か。おまえがそう考えていると言うのなら、信じるしかないが……」

賢人が言って、不意に訊ねてくる。

「おまえ、恋人はいないのか？」

「はっ？」

「もしもいるのなら、俺としては、やはり少々後ろめたい感情を覚える。その相手と将来を約束し合っているのなら、なおさらだ」

（将来というのは、結婚ということか？）

あり得ない、と心の中でつぶやく。

良英はそもそも、愛情で結びつく関係に懐疑的なのだ。結婚どころか、正直まともな恋人がいたこともないし、体だけの関係の相手がいたのすらずいぶん前の話だ。

今はもうそんな相手を作るのすら煩わしいと思っているので、その点について賢人に心配してもらう必要はまったくない。

良英は首を横に振った。

「恋人はいませんし、これからも作る気はありません。結婚する気もまったくありません」

「そうなのか？」

「はい。バトラーになると決めたときに、生涯独身を貫き、賢人様と菱沼家にお仕えすると決意しましたので」

「……そんな決意までしていたのか、おまえは？」

驚きを隠せぬふうに、賢人が言う。

名家の生まれや特別な血筋のアルファにベータが私的に仕える、バトラーという制度自体、古い時代の遺産だといわれることもある昨今だ。そこまでの決意を抱いてその役を引き受ける者は、多くはないのかもしれない。

だが、一昔前はそれが当たり前だったようだし、独身のまま高齢までつとめ上げたベータに、主人のアルファから特別な年金が支払われていた時代もあったようだ。

良英は施設から菱沼家に引き取られ、大学まで出してもらったので、その恩を返したいという気持ちがある。

恋愛や結婚に夢を抱いてもいなかったし、それよりも尊敬できる賢人に仕え、補佐をするほうがずっといいと思ったから、恋愛も結婚も人生の選択肢から外そうと決めたのだ。

良英の言葉を吟味するように、賢人がまたしばし黙り込む。

それから小さくうなずいて、賢人が言う。

「……そうか。しかしまあ、先のことは誰にもわからないからな。少なくとも今はその気はないのだと、そう理解していいか？」

「はい」

自分の中ではずっと先を見通してもその気はないのだが、あまり言い募っても頑なな感じがする。念を押された部分に関してはそのとおりなので、ひとまず肯定しておこうとうなずくと。

(……?)

こちらを見つめる賢人の顔に、普段あまり見せない表情が浮かんだので、眼鏡越しにまじまじとその顔を見つめ返した。

何かものすごく楽しいことを思いついて、でもそれをまだ誰にも悟られたくなくて、表には出さずすました顔をしている、というような表情だ。

中高生の頃、賢人がそんな顔をするのを何度か見たことがあったと思い出す。サプライズだったり、ちょっとした悪だくみだったりを思いついて、それを良英にこっそり教えてくれたりしたときだ。

何か思いついたのだろうかと、賢人の言葉を待っていると、意味ありげに口の端で微笑んで、賢人が告げた。

「おまえの決意のほどはよくわかった。俺がおまえを信頼しているように、おまえも俺を信じて、俺に尽くそうとしてくれているんだな?」

「それは、もちろんです」

「そうか。そこまで信頼を寄せてもらえるとは、一人のアルファとして、身が引き締まる思いだよ」

賢人が言葉を切り、こちらに探るような目を向けて続ける。

「そういうことなら、俺としてもおまえに伝えたいことがある。おまえにぜひとも頼みたいこともあるんだが、話してもいいか？」

「はい。どのようなお話でしょうか？」

問いかけると、賢人がベッドに手をついてこちらに身を寄せてきた。

良英に顔を近づけ、眼鏡の向こうから瞳の奥をのぞき込むようにしながら、賢人が言う。

「おまえとのセックス、すごくよかったよ。今まで寝たほかの誰よりもだ」

「なっ……？」

「オメガフェロモンで昂らされていたとはいえ、今までセックスであんなにも我を忘れたことはない。本当に、最高だった」

そんなことを言われるとは、まさか思いもしなかった。

一瞬、また芝居がかった冗談でからかわれているのではと考えたが、口調が違うし、賢人の目にも嘘は感じられない。

でも、そう言われてもどう応じたらいいのかわからない。

あれは事故処理だったわけだし、自分よりも明らかに経験豊富な賢人にそこまで言わせるほどの行為だったなんて、にわかには信じられないのだ。

思わず真顔でフリーズしていると、賢人がふふ、と小さく笑った。

「困惑しているな？　昔のおまえは、ときどきそういう顔をしていたものだ。ここ半年、クールな秘書の顔ばかり見ていたから、なんとも新鮮だよ」

「……こ、困惑しますともっ。私のような経験の浅い、しかもベータを相手に、そのような言葉をっ……」

「いいセックスに経験もバース性も関係ないだろう？　とてもよかったのは事実なんだからな」

さらりと言って、賢人が目を伏せる。

「もっとも、そう考えるのが少数派だというのは知っている。アルファはアルファ同士かオメガと、ベータはベータと。セックスの相手を見つけるとき、皆当たり前のようにバース性を考えるし、おのずと相手も偏る。俺のような出自の人間には特に、周りが気づかう場合もあるしな」

それは当然そうだろうと、良英も思う。

社会におけるバース性の平等は重要だ。

しかし一般家庭ならともかく、ある程度家柄のいい人々の中に、セックスの相手選びでバース性の平等を徹底しようと考える人はそれほど多くはない。

ときに火遊びをしたり、派手に浮名を流したりしたとしても、最終的には釣り合いの取れる相手と戦略的な結婚をするのだから、初めから冒険などしないのだ。

「俺は将来を選べない。だが、適当な相手と刹那的な付き合いを繰り返すのも、とてもむなしいことだ」

賢人が言って、目線を上げ、どこか熱い目をして告げる。

「だからこれからは、おまえが相手になってくれたら嬉しい。どうだろうか？」

「……は……？」

「気心の知れたおまえがときどきセックスの相手をしてくれるなら、俺はそれだけで満足できる。そのくらい、おまえとのセックスはよかったんだ」

ほのかに甘い響きの賢人の言葉に、困惑を通り越して頭の中が真っ白になる。

この人はいったい何を言っているのか。

そもそも黙っていても人を惹きつけてしまうアルファなのだから、その気ならいくらでも都合のいい相手が見つかるだろう。縁談だって山ほど来ているし、年ももう二十八なのだから、むしろ早々に結婚すればそれですむ話ではないのか。

なのによりによって自分などにセックスの相手を頼むとは。もしやこれも仕事のうちだと言ったせいだろうか。

むろん、その言葉に嘘はない。

だが、あくまで緊急事態をおさめるために身を投げ出すのはいとわない、という意味で仕事なのであって、平時に何度も相手をすることは想定していなかった。

その道のプロでもないし、今回たまたまよかったからといって、毎回賢人を満足させられるわけもないのだ。その役目を担うのはさすがに無理だと、断るべきではないか。

冷静で常識的な自分がそう結論づけようとする。

でも……。

(ほかの誰かには、頼めないからなのだとしたら?)

自分などにそんなことを頼んでくるからには、何かよくよくの事情があるのかもしれないと、ふと気づく。

もしかしたら、性欲的な面でとても切実なものがあるのだとか。

あるいは、とても特殊な性的嗜好を持っているとか。

信頼の置ける人間にしかそれを明かせない、他人に知られたら社会的信頼を失いかねない。そんな切迫した欲望を、賢人が隠し持っているのだとしたら――?

（……それはもう、私が身をもってお応えするしかないのではないか？）

不意に胸に強い義務感が湧き上がってきて、心が奮起する。

良英にとって賢人は、生涯仕えようと決めた主人だ。

そんな人物のたっての願いを常識で判断し、断ろうとするなんて、バトラーとして失格ではないか。

できるかどうかではなく、やる。この身を捧げて懸命に応える。

それこそが、バトラーとして正しい在り方ではないのか。

困惑の末にどうにか答えらしきものにたどり着いたが、しばし時間がかかったためか、賢人が不安げに言った。

「佐々木……、その、すまない。本当に困らせてしまったのなら……」

「いえ！　問題ありません。大丈夫です」

良英は遮るように言って、賢人を見つめて決然と答えた。

「ご要望の件、承りました。そのお役目、不肖この私がお引き受けいたします」

「……本当に？」

「はい。賢人様がお求めなのであれば、いくらでも……、どのようなことでも、お応えしたく思います。至らぬところは、これから学んでまいりますので！」

「ふふ、学ぶのか？　それはまた、なんとも……、頼もしいことだ」

なぜか少しおかしそうに、賢人が言う。

何かずれたことを言っただろうかと、ほんの少し疑念を抱いたが、賢人はとても嬉しそうな顔をしている。彼の役に立てるのであれば、こちらとしても喜ばしいことだ。引き受けたからには、しっかり相手をつとめられるよう励まなければ。

そう思っていると、賢人が思い出したように告げた。

「そうだ、ついでにもう一つ頼みがある。まあ、大したことではないんだが」

「どのようなことでしょう？」

「抱き合うときには、おまえの名を呼びたいんだ。以前のように、良英、と」

「名を、ですか？」

思いがけない頼みに首をかしげる。

大したことではないと言われればそうだが、良英が姓で呼んでほしいと頼んでいることに理由があるように、賢人が良英の名を呼びたいという気持ちにも、何かわけがあるのではないかと思える。

でも、それがなんなのか思いつかない。

探るように顔を見つめると、賢人が言葉を続けた。

「まあ、なんだ。事が事だからな。呼び名が仕事のときと同じでは、こう、気が休まらないというか……。おまえもできれば、賢人様ではなく、昔のように……」

「……賢人さん、と？」

「ああ、そうだ。そうしてくれたら嬉しい」

賢人の言うことは、至極もっともだと感じる。特に断る理由はないだろう。

良英はうなずいて言った。

「かまいません。ご希望のとおりにいたします」

「ありがとう。だが、今日のところはもう横になろうか。俺も少し疲れた」

賢人が言って、部屋の照明を暗めにしてベッドを回り込み、良英の隣に横になる。

もしやここで寝るつもりなのか。

「なんだか懐かしいな。いつぶりだ、こうしておまえと並んで寝るのは？」

この部屋はエグゼクティブスイートだったはずだから、自分が続き間に移動したほうがいいだろうかと考えていたら、賢人がくつろいだ様子で言った。

「子供の頃は、よくお互いの部屋でボードゲームなんかをして、そのまま並んで寝たりしていたな？」

「……そういえば、そうでしたね」

「おまえは将棋が上手かったな。俺は、おまえに教えてもらって……」

言いながら、賢人が目を閉じる。

それはたぶん、小学校の終わりか中学の初めくらいの頃だろう。

児童養護施設の年配の職員が簡単な指し方を教えてくれたので、良英は将棋ができた。それなりに強いつもりでいたが、まったくの初心者の賢人に教えたら、ほんの一、二か月ですぐに勝てなくなってしまったのだ。

アルファの賢人はベータの自分とは頭の出来が違うのだと、初めて実感したのがそのときだ。

だが、不思議と悔しい気持ちにはならなかった。賢人と一緒に過ごすのが、良英はとても楽しくて。

「……時間があれば、また将棋を差したいな。ほかにも、おまえといろいろなことを、昔みたいに……」

賢人の言葉が、静かに途切れる。

賢人は昔からとても寝付きがいい。日々彼に仕えてはいるが、夜はせいぜい寝室のドアの前で見送るだけなので、こんなふうにコトリと眠りに落ちる賢人を目の前で見るのは、ずいぶん久しぶりだ。

兄弟のように過ごした十代を過去のものにして、良英はこの半年、秘書としてバトラーとして、賢人に仕える日々を送っていた。

それが思いがけず体を交え、これからは彼の相手をすることになったのだから、本当に人生はわからない。仕事とはいえ、身体的距離が変われば、昔とはまた別の距離の近さが生まれてしまったりするのではないだろうか。

アルファとベータの理想的な関係を築けていると感じていたのだが、こうなると少しばかり軌道修正が必要かもしれない。

(なんであれ、しっかりこなしてみせなくては。私はこの人の、バトラーなのだから)

おかしな慣れ合いなど生まれぬよう、今まで以上に厳しく己を律しよう。

良英はそう思いながら、賢人の寝顔を見つめていた。

◆　◆　◆

「……おまえの中に入るぞ、良英」

「は、いっ……、あ、ぁっ」

良英の開いた両脚を大きな手で支えて、賢人が腰を進めてくる。

窄まりを丁寧にほどかれ、たっぷりとオイルを施されているので痛みなどはないが、賢人のボリュームはいつも良英に新鮮なインパクトを与えてくる。ぐぷ、と頭を埋め込まれ、続けて太い幹をのみ込まされて、圧入感に冷や汗が出た。

最初のときはコンドームがなく、そのまままつながったせいか、ゴムの異物感などは覚えなかったのだが、今はエチケットとして必ずつけているから、摩擦される感覚が強いというのもあるだろう。

思わずシーツをぎゅっと握り締めると、賢人が優しく告げてきた。

「体に力が入っているぞ。一度深く息を吐いてみろ」

「ん、ん……」

「そうだ、少し力が抜けた。何も怖がることはない。俺に身を委ねて、楽にしていろ」

「はい……、ん、うっ、は、ぁ……」

穏やかにゆっくりと、賢人が良英の中を行き来する。

いつもは菱沼邸の賢人の寝室で抱き合っているが、今日は畳の匂いのする和室だ。日常から遠く離れた場所でこういうことをするのは初めてだ。

賢人のグループ企業への視察に同行して訪れた、某地方都市。

接待を断って夕方早々に宿に引き上げ、賢人が部屋でウェブ会議を二つこなすのを補助したのち、二人で遅めの夕食をすませたけれど、まだ眠るには早い時間だった。

宿泊しているのは老舗ホテルで、近隣の温泉地から引いた天然温泉を溜められる、広い内風呂付きの部屋だが、一応大浴場があるというので、浴衣で行こうということになった。

だが着替えている途中で賢人の気が変わり、そのまま布団の上で抱き合うことになったのだった。

ときどきセックスの相手をしてほしいと言われて以来、良英は何度か賢人とベッドをともにしている。

バトラーとして、これ以上ない「大役」を引き受けたはいいが、いったいどれくらいの頻度で求められるのか、あるいはどんな変わった性的嗜好を持っているのか、正直まるで想像もつかなかったので、良英はあれこれ考えて身構えていた。

だがあれから何度か寝てみて、それらはすべて杞憂だったことがわかった。

抱き合う頻度としては、週に一度あるかないか。行為も至ってノーマルで、最初のときほど激しくもないし、ことさらに長く時間がかかるわけでもない。

といっておざなりなわけではなく、行為のあとはいつも適度な充足感で満たされていて（つとめとしての行為なのに自分が満たされてどうするんだという葛藤はあるものの）、いわゆる性欲処理的な即物性とは程遠い。

恋愛感情などはない、純然たる性行為ではあるが、体を使われて心が消耗するというようなことも一切なかった。賢人はこんなところまでスマートなのだと、良英は素朴な感動を覚えているところだ。

とはいえ、最近は少しばかり疑問も湧いてきている。

彼が求めているとおりのつとめを、自分はきちんと果たせているのだろうか、と。

「苦しくないか？」

「はいっ」

「もう少し奥の……、このあたりまで、突いても？」

「ふ、ぁあっ！　ぁ……、大丈夫、ですっ……」

挿入の深度を良英に確認した賢人が、より深くまで雄を沈めて、切っ先で内奥を押し開くように突いてくる。

奥は狭くなっているので、甘苦しさはある。だが良英の体もだいぶ慣れてきている し、動きが急でなければ、同意を求めてくれなくても大丈夫なのだけれど。

(最初のときのことを、気にされているのかな、まだ)

初めて体をつないだときは、賢人はオメガフェロモンの影響でかなり昂っていた。行為自体も最後には良英が気を失ってしまうほどの激しさで、我を忘れてのめり込んでしまったことを、賢人はずいぶんと恥じている様子だった。

だからなのだろう、抱き合うようになってからはいつも、賢人は良英の反応をよく見て、注意深く丁寧に抱いてくれている。

間違っても良英を苦しめることがないよう、十分に気をつけてくれているのはわかるし、とても優しくしてもらっているのもありがたいことだ。

けれどこんなにも気を使っていて、果たして賢人は楽しめているのだろうかと、漠然と不安も感じてしまう。

「……は、ぁっ、ン、ン」

「中が滑るようになってきた。よくなってきたか?」

「は、ぃ」

「よかった。ここも、いいか?」

「ぁ、あ！　は、いっ、いい、です……っ」

中の感じる場所を切っ先で優しくなぞられ、声を震わせて答える。

良英のいいところを賢人はすっかり把握していて、探り当てるように刺激してくる。

悦びの火を順にともされ、徐々に中が熱くなっていくみたいで心地よく、こちらも知らず腰が揺れてしまう。

触れられぬままに良英自身が頭をもたげ、鈴口には透明液が上がってきた。

でも気持ちよくなればなるほど、こんなによくしてもらっていいのだろうかと、やはり気になってしまって……。

「……あな、たは……？」

「ん？　俺がどうした？」

「あなたも、いいの、ですか……？」

おずおずと訊ねたら、一瞬賢人が瞠目して、それから甘い笑みを見せた。

しなやかに腰を使いながら、賢人が答える。

「もちろんだとも。おまえがとろとろに蕩けていくのを見るのが、俺は何よりも楽しいんだ。ここを、こんなにしてしまうくらいにな」

「あぅっ……！」

賢人が剛直の大きさを知らしめるように、良英の奥のほうにあるくぼんで狭くなっているところまで、ズンと刀身を沈めてくる。

拡張器具ではとても届かない場所にまで彼が届くのを感じると、それだけで体が潤む。

ひとりでに内襞が蠢動するのを感じていると、賢人が悩ましげに眉根を寄せた。

「ああ、おまえが俺にしがみついてくる。もっと俺を感じてくれ、良英」

「っ、あ！　ああ、賢人、さ、んっ……！」

深く大きな動きで肉筒をこすられ、背筋をビンビンと悦びが駆け上がる。

熱杭の行き来は穏やかだけれど、良英の肉壁と賢人の太い幹とがしっかりと密着しているためか、どこをこすられても甘い快感が広がる。

己自身から透明液があふれ、腹に滴るのを感じていると、賢人が上体を倒して良英にのしかかり、抽挿のスピードを上げてきた。

「はあっ、うぅ、あぁあ」

安定したピッチで中をたっぷりとこすり立てられ、休みなく感じさせられる。

動かれるたび、彼の引き締まった腹筋で欲望をこすられるのも気持ちよくて、はしたない声を発するのを止められない。

我を忘れて腰を揺すっていると、やがて腹の底から、ひたひたと頂の気配がやってきた。

「ひ、ぅうっ、ぃ、いっ、も、達って、しまうっ」

「それなら、俺も一緒に達こうか」

賢人が言って、息を詰める。

そうしてこちらを見つめたまま、腰を揺すり上げて何度も奥を突いてきた。優しく追い立てられ、腹の奥のほうで、甘い悦びの波が爆ぜる。

「あっ……、ぁっ、ぃ、っ……」

細く声を立てながら、良英が絶頂を極める。

すると賢人も亀頭球を良英の後ろに押しつけ、動きを止めて身を震わせた。

腹の上に自ら放った白蜜が滴るのと同時に、収縮する内奥で彼の白濁が放出されたのも、コンドーム越しにはっきりと感じることができた。

「は、ぁ……、す、ごい、あなたのが、跳ね、て……」

賢人の楔は大量の蜜を吐き出しながら、良英の中で何度も弾んでいる。波打つ良英の肉襞が彼をきゅうきゅうと締めつけるたびに、頭のてっぺんから足のつま先まで、快感でしびれ上がった。賢人がきゅっと眉根を寄せる。

「……ああ、いいな。おまえが食らいついてくるよ、良英」

「賢人、さっ……」

「離したくないとでもいうように、俺を締めつけてくる。すごくいい」

こちらを見つめたまま吐精する賢人の艶めいた目に、ゾクゾクと背筋が震える。

どうやら、彼も満足してくれているようだ。つとめを果たせたと安堵しながら、良英は魅入られたように賢人の瞳を見つめていた。


「佐々木。湯が溜まったが、一緒に入るか？」

賢人に声をかけられて、まどろみから覚める。

はっとして見回すと、部屋の奥にある浴室へと通じる襖から、賢人が顔を出してこちらを見ていた。

「あ……、申し訳ありません、私としたことが、うたた寝をっ」

「いいさ。まだ横になっていたければ、あとからでも――」

「いえ、ご一緒させていただきます！」

「そうか？　無理はするなよ？」

賢人が言って、顔を引っ込める。

脱衣場になっている短い廊下で浴衣を脱いでいるのか、衣擦れの音が聞こえてきたので、良英は布団の上に起き上がった。

（……無理はしていないと、思うけれど……）

至って落ち着いた、穏やかな情交であっても、アルファとのセックスはベータ男性の良英にとって、ある程度負担のかかる行為ではある。

オメガのようにあちこち柔軟ではないし、腰が痛んだり疲労感が残ったりすることもあり、少し休まないと普段どおりには動けない。

だからいつも、賢人と抱き合ったあとはしばし横になっているのだが、今日は良英がまだシーツに身を沈めている間に、賢人が内風呂に湯を溜めておいてくれたようだ。

せっかくだしと乱れた浴衣の前をかき合わせ、眼鏡はかけずに浴室に行き、廊下で脱いでドアを開ける。

ぷんと温泉の香りがして、石造りの大きな浴槽に温泉の湯がたっぷりと張られているのが目に入った。体を洗ってシャワーで流していた賢人が、気づかうように言う。

「ここは少し暗いな。湯煙で曇っているが、眼鏡なしで大丈夫か？」

「はい。お気づかいありがとうございます」

大学生の頃、近視が進んで大教室の黒板が見づらくなったため、良英は眼鏡をかけるようになった。賢人とは離れていた時期で、彼のほうは昔と変わらず裸眼のままだからか、時折気にかけてくれる。

実のところ、眼鏡を外すと何も見えないというほど視力が低いわけではないのだが、車の運転や仕事には必須だ。

コンタクトレンズを使うことも考えたが、ベータの良英は、会社などでアルファに囲まれるとどうしてもその他大勢になって埋没しがちなので、「眼鏡の人」くらいの印象でもいいので覚えてもらえるなら、それもいいかもしれないと思ってかけているところもある。

賢人が湯につかったので、良英も手早く体を清め、あとに続いて浴槽に身を沈める。この温泉の効能は一応疲労回復だったか。あまり熱くもなく、程よい湯加減が気持ちいい。賢人がほう、と深く息を吐いて言う。

「温かいな」

「そうですね」

「考えてみたら、温泉なんて久しぶりだ。普通のビジネスホテルもあったのに、どうしてこの宿を予約したんだ?」

「視察のあとにウェブ会議を入れたいとおっしゃったので、懇親会等にはいらっしゃらず、夜はそのまま休息を取られるおつもりなのだと思いまして。ゆったり落ち着ける宿がよいのではと」

「なるほど。さすがは佐々木だ。俺が何を望んでいるのかよくわかっているな」

賢人が微笑み、浴槽の縁に背中を預ける。

「実を言うと、日常から離れた場所でリフレッシュしたいと思っていた。このところかなり疲れを感じていたからな」

「そうなのですか？」

思いがけない言葉に、軽い驚きを覚える。

昔も今も、賢人はとにかくタフで、疲れを見せることなどめったになかった。

先ほどの視察先でもいつも以上に快活に動き回っていたし、どこかで聞いたような経営スローガンやぼんやりした成長目標を掲げる経営幹部連中を、鋭く問い詰めて焦らせたりなどしていたのに。

「……申し訳ありません。口に出されるほどお疲れとは、思いもしませんでした」

「いや、いいんだ、謝ることはない」

「ですが、秘書としてもバトラーとしても……」

「気にするなって。悟られないように気を張っていたんだよ。おまえにカッコ悪いところは見せられないと思ってな」

そう言って賢人が、肩をすくめる。

「だが、それはそれでカッコ悪いことかもしれないと最近は感じていた。こうやって裸の付き合いまでしているのに、よきアルファであろうとするあまり己を身の丈以上に見せるようでは、おまえに支えてもらう資格はない。もっと正直になろうとな」

「賢人様……」

(そんなことを、お考えになって……?)

カッコ悪いところは見せられない、などと言われても、そもそもカッコ悪い姿など一ミリも想像もできないほど隙のない人だ。

そんな賢人に自分の胸の内をあけすけにさらけ出すようなことを言われると、気を許してくれているのだなと感じて素直に嬉しい。

元々賢人は身近な相手にはオープンマインドなタイプで、学生の頃には、それこそ腹を割って話すようなこともあった。

だが上司と秘書、主人とバトラーという今の関係になってからは、基本的にはずっと主従の関係で、互いにその関係を維持しようとつとめてもきたから、彼も気を張っていたのかもしれない。

ときどき抱き合う関係になって、それが和らいだということだろうか。

「正直になるついでに、ちょっと訊きたいことがあるんだが」

「はい、どのようなことでしょう？」

「おまえ、甘味処には詳しいか？」

「……甘味処……、といいますと、洋菓子ではなく和菓子の店ですね？」

「ああ。できれば茶も美味いと嬉しいんだが」

「さあ、そうですね。私は特別詳しくはないですが……、お調べしておきます。どなたかをお連れするのですか？」

和菓子というと、なんとなく女性が好みそうなイメージがあったので、誰かをお茶に連れていきたいとかそういう話なのかと思い、訊ねると、賢人が少し黙った。

それからどこか気恥ずかしそうに、賢人が言う。

「……いや、そういうわけじゃない。ただ、俺が行きたいだけだ」

「賢人様が……？　ですが、甘いものは苦手なのでは……？」

「最近まで俺も自分でそう思っていたよ。でもこの前、たまたま会食の席でぜんざいを食べたら、思いのほか美味くてな。ニューヨークにいた頃、日本食の店で食べたあんみつがとても美味かったことも思い出して」

小さな秘密を告白するように賢人が言って、困ったように続ける。

「別に一人で店を探して行けばいいんだが、やはりこう、なんというか……、ためらいを覚える、というか」

「そうだったのですね」

また一つ賢人の知らなかった一面を見た気がして、驚きを覚える。

むろん、アルファ男性にも甘いものを好む人がいるのは当然のことだ。賢人が一人で甘味処を訪れるのだって個人の自由だが、いろんな意味でとても目立つのは確かだろう。

良英も甘いものは嫌いではないし、もしも賢人が望むなら、ぜひお供したいと思う。

良英はうなずいて言った。

「わかりました。前の部署の同僚に詳しそうな者が何人かおりましたので、まずは訊いてみます。お任せください」

「ありがとう。頼むよ、佐々木」

仕事を命じるときよりもどこか嬉しそうな表情で、賢人が言う。

「おまえとこうやって話をするのは楽しいな。毎朝廊下で話しかけてくるうちの重役たちとも、もっと気楽に話したいものだが」

「……気楽に、ですか？」

「まあ、仕事に関係のない話はしづらいだろうが、かしこまらずもっと思いつきをぶつけてくれてもいいのにと、いつも思っている」

「そうだったのですか。ですが、それはさすがに……、その、たやすいことではないのではと」

「なぜだ？　俺が菱沼家の人間だからか？」

「それもあるでしょうが、やはり気後れするのではないかと思います。賢人様は、常に二、三手どころか、十手先を読んでいらっしゃることもありますから、凡庸な提案で失望させたり、お話についていけず置いていかれるのではないかと不安になるのでは？」

「……そう思うか？」

「はい。賢人様は時折、ひどく突き放したお返事をなさることもありますし」

「そうか。突き放しているつもりはなかったし、それほど先を行っているつもりもないんだが。でもおまえがそう言うのなら、俺もいくらか周りへの接し方を変えたほうがいいかもしれないな」

小さくうなずきながら、賢人が言う。

常に周りより先を行っていることに自覚がないとは思わなかったので、何か少し新鮮な驚きを感じる。普段の様子を見ていると、あえて突き放した物言いをすることで会社の重役たちを叱咤しようとしているのでは、と思えるところも多々あったのだが、案外そうでもなかったようだ。

賢人が接し方を変えれば、たびたびフォローが必要になる重役たちとのコミュニケーションも、もっとわかりやすく伝わりやすいものに変わるかもしれないし、それは賢人にとっても重役たちにとっても、そしてもちろん良英にとっても、よいことだろう。

(こうやって話をする時間は、確かにとてもいいものだな)

ほかの人よりは賢人のことを理解しているつもりだが、当然知らない面もたくさんある。

主従の関係を必要以上に意識せずに、こうやって気軽に話してみることは大切で、人はそうすることで相互理解が深まるものなのかもしれない。

そのきっかけが、情交のあとのバスタイムにくつろいだ雰囲気になったからだというのは、もちろん人には絶対に話せないことだけれど。

「……そういえばこの前、優一と飲んでいたときに話が出たんだが」

ふと思い出したように、賢人が言う。

「昔、夜中に家を抜け出して地下クラブにもぐり込もうと計画したことがあったのを、おまえは覚えているか？」

唐突な問いかけに、記憶をたぐる。

確か高校生の頃、仲間内でそんな話になったことがあったと思い出し、良英は答えた。

「覚えておりますよ。優一様が特に乗り気で、学外のご友人も誘っていらして」

「おまえも珍しく興味を持っていたから、確か二人で参加するはずだったよな？　でもその日に限って家に別居中の母さんが訪ねてきて、親父と一悶着あって。そんな夜に抜け出したりして、もしもバレたらどうなるかと考えて、俺たちは断念しただろう？」

「そうでしたね」

「数手先を読むって話になると、俺はなぜかあのときのことを思い出すんだ。事前の下調べや偽の身分証の入手方法、大人らしく見える服装や振る舞い、言葉づかいを考え抜いて、中に入ったらどう動くか、年齢詐称が発覚した場合どう逃げるか、そのための退路はどうするのか。ありとあらゆることをシミュレーションしてその日に備えた。でも、結局……」

賢人が先をうながすようにこちらを見たので、良英は話を引き取るように言った。

「クラブにもぐり込む前に、その近くのバーで飲んでいた高校の教員に見つかって、当日参加した生徒は全員生徒指導室行きでしたね」

「そうだ。俺はあのときに、あまり先読みをしても思いがけない理由で上手くいかなくなるものだし、行動を邪魔されたおかげで助かったりすることもあるのだと知った。失敗しないような計画を綿密に立てるより、行く手に何があるかわからないくらいのほうが面白い。思いがけない発想も浮かぶのかもしれないとな」

そう言って賢人が、小首をかしげる。

「俺は別に、会社のほかの人間には考えが及ばないような、斬新なことを考えいてるわけじゃない。ただ皆にもっと自由な発想や柔軟な考えを持ってほしいだけなんだ」

賢人の言葉に小さくうなずく。

良英にとっては、漠然とそうなのだろうと感じていたことだ。でもこうして賢人自身に言葉にしてもらうと、頭にしっかりとしみてくる。

賢人の持つ理想が形になって見えてくる気がするのだ。

「あのクラブ、優一の話だとどうやらまだあるようだぞ。少し業務形態が変わったらしいが」

「そうなのですか？　もう十年以上は経っていますのに」

「せっかくだし、そこにも行ってみるか。おまえも興味を持っていたし、一緒にどうだ？」

軽い調子で、賢人が訊いてくる。

元々どういう興味を抱いて行ってみようという話になったのか、もうそれすらも忘れたが、賢人が行くところにはなるべくついていきたい。

良英はうなずいて言った。

「賢人様がいらっしゃるのでしたら、ご一緒させていただきます」

「なら、ちょっと優一に訊いてみるよ。甘味処もいいが、こっちも楽しみだ」

賢人が笑みを見せて言う。

昔を思い出させるその顔に、こちらも期待が高まる。

秘書兼バトラーとして、賢人とはけじめのある関係でいたいと思っていたが、自分で引いた一線を厳格に守るよりも、少し踏み越えることで、もっといい関係が作れるものなのかもしれない。

そうなっていけたらいいと、良英は思っていた。

それから数日が経った、ある日の午後のこと。

「……それでは、お手元の資料の七ページをご覧ください。ファーマカンパニーの新規展開につきましてご説明させていただきます」

菱沼ホールディングスの役員フロア、グループ企業の社長だけを集めた社長会議が開かれている、第一会議室。

プロジェクターに映し出された資料の画像を前に、各社社長が半期の実績を報告し、今後展開予定の新たなプロジェクトの概要、人材育成における取り組みなどを発表する。

先代の卓人CEOの頃に始められた会議の方式で、賢人がCEOになってからはまだ二度目の開催だ。どの社も比較的業績が好調なせいか、社長たちは皆機嫌よく話をしているのだけれど……。

(賢人様の表情が、硬い)

最奥の席に座ってプロジェクターに目を向けている賢人は、周りの社長たちの和やかさとは対照的に、ひどく硬い表情をしている。おそらく今それに気づいているのは、公私にわたって賢人に仕え、彼の表情を幾通りも知っている良英だけだろう。

賢人がなぜそんな顔をしているのか、良英にも最初は判断がつかなかったのだが、三社ほど報告を終えたところで、おおよその見当がついた。

少し緊張しながら会議の様子を見守っていると、やがて全員の発表が終わった。

「……ご苦労だった。新規プロジェクトの提案など、興味深い話も多くあった」

賢人が資料をめくりながら言って、低く続ける。

「だが一点、どうしても気になるところがある。前回も思ったことだが、あなた方は、今の我が社の在り方、とりわけ人員配分とその構成に、何も疑問を抱いてはいないのか？」

賢人の言葉に、社長たちが戸惑ったように顔を見合わせる。

賢人がぐるりと皆を見回してから、言葉を続ける。

「話を聞いていると、昔からのやり方を踏襲する業務フローがとても多い。世界情勢は刻々と変わっているのにだ。これでは先が見えない」

「……し、しかし、ＣＥＯ、ご覧のとおり、ここ数年業績は上向きのままです」

「業務のやり方も、先代のご尽力もあり長く改善を重ねてまいりまして、よりよいものになっているかと」

「世界情勢とおっしゃいますが、海外展開も行っておりますし、現地採用も積極的にしております。我が社が世界的に後れを取っているとは思えませんが」

社長たちが口々に異を唱える。

彼らの主張はもっともだと、資料を読み話を聞く限りでは良英にも思える。

だが賢人の目にはそうは映っていないし、資料には出てこない構造的な問題点が存在すると、ベータの良英には感じられる。

発言した社長たちに、賢人が言う。

「先代のやり方はそのときの最善ではあっただろう。海外展開に踏み切る見極めも悪くなかった。だがその先は？」

「……先、と、おっしゃいますと……？」

「例えば今、全世界的にベータやオメガの地位向上や労働環境改善の機運が高まっているが、そういった流れを皆がきちんと意識して、共通の認識を抱いていると言えるだろうか？」

賢人の問いかけにも、社長たちはぽかんとした顔をしている。

どうも賢人の話がピンときていないようだ。賢人がかまわず話を続ける。

「私としては、今後はあらゆる面でもっと柔軟であってほしい。この会議に召集されるメンバーにも、もう少し多様性が欲しいものだ」

「多様性、ですか……？」

「そうだ。この部屋を見回して、何か感じるところはないか？」

そう言っても、やはり理解できてはいないようだ。この部屋の中でただ一人のベータである良英には、すぐにわかることなのだが。

「この会議が無意味とは言わない。だが、皆の意識がいつまでもその程度では困るな」

賢人が冷ややかに言って、すっと立ち上がる。

「報告は報告として受け取っておく。私が言ったことについては、次回の社長会までに個々人でよく考えておいてほしい。今日はこれで失礼する」

賢人が言って、唖然としている社長たちを残して会議室を出ていく。

今日はこのあと、すぐに移動してホテルで雑誌社の取材を受け、その後は銀行の頭取と会食の予定だ。社長会議が早く終わった分、支度に余裕が持てるのはいいことだが……。

「さ、佐々木くん、ＣＥＯはいったいなんの話をしているのかね？」

「多様性、と言われても、どういう意味で言っておられるのか……」

賢人の退出で会議が終了し、社長たちがぱらぱらと部屋を出ていく中、何人かがこちらにやってきて、賢人の発言の意図を訊ねてくる。

正直に言えば、良英はその答えを知っている。

でも、それを自分が説明するのは気が引ける。良英は小首をかしげ、あいまいに答えた。

「さあ、どうでしょう……。おそらく、今後の経営方針にかかわるお話なのだと思いますが。さすがにそうなりますと、私ごときには推し量ることが難しく……」

「うむ、そうかね」

「まあ、CEOもまだお若いからな。何かしら理想が先走る部分もあるのだろう」

「それはあるでしょうな。こういうとき、先代のお父上ならば、きっと――」

自分たちの無理解を賢人が若いせいにして、社長たちが去っていく。

良英はふう、とため息をつき、誰もいなくなった会議室を見回した。

(……まあ、あれで察せられるくらいなら、そもそも今のような社風にはなっていないかもしれないしな)

――新規プロジェクトのリーダーも、業務の現場を統括する責任者も、この会議に出席している社長たちも、重要な意思決定の場にいるのは、アルファだけ。

賢人が言いたいのは、きっとそういう話なのだと思う。

自分たちがアルファであると、なかなか身の回りの状況には気づかないのかもしれない。でもだからといって、もしもそれをベータの良英が説明したりすれば、相手にバツの悪い思いをさせることになる。

賢人としても、きっと自分たちで気づいてほしいと考えて、あえて皆まで言わずに去ったのだろう。

とはいえ――――。

(賢人様も、もう少し周りの理解に合わせたほうが、いいのではないか?)

普段あまりそんなことは考えないのだが、なんだかほんの少し、そう思わなくもない。

先日温泉で話したとき以来、賢人が周りへの接し方を少し変えたので、良英が少々気になっていた、賢人の先を見通す能力が高いために周囲が置いていかれてしまう、というような場面は、目に見えて減ったと思う。

でも本当は社長会議のような場でこそ、余計な誤解や憶測を生まないよう気を配ったほうがよかったのではないかと思うのだ。言い方は悪いが、「下に合わせる」ほうがよかったのではと。

（差し出がましいことかもしれないけれど、賢人様に申し上げてみようか……）

基本的に良英は、賢人に意見をするつもりなどまったくない。

立場の違いは明白なのだから当然だし、今までも彼にこうしたほうがいい、などと言ったことはなかったのだが、もし機会があれば、一度良英の考えを話してみてもいいかもしれない。

良英はそう思いながら、会議室をあとにした。


その夜、一日の予定をすべてこなした賢人を、良英が車で屋敷まで送り届けたのは、十時すぎのことだった。

「ノンアルでいいか、佐々木？」

「はい、ではいただきます」

「俺はどうするか。たまにはブランデーでも飲もうかな」

屋敷のリビングのソファにかけた良英に、賢人がノンアルコールビールの缶を手渡し、壁面を覆う大きな戸棚に近づいて、ブランデーの瓶を取り出す。

明日はオフだ。少し寄っていかないかと賢人に誘われたので、良英は屋敷にお邪魔している。通いのメイドもとうに帰宅してしまっているので、二人ともスーツのジャケットを脱いでネクタイを外した気楽な格好で、すっかりくつろいでいる。

今夜の会食相手の銀行頭取に合わせて酒を控えめにしたので、賢人は少し飲み直したいらしい。車でなければ良英も晩酌に付き合ったのだが。

あるいは、ここに泊まるのであれば――。

(……いや、さすがに今日はお疲れだろうし、それはないだろうが)

良英の隣に腰かけて、ブランデーをグラスに注いでいる賢人の顔は、相変わらず疲れ知らずのように見えるが、今日は朝から予定がぎっしりと詰まっていた。少し酒を飲んでから、じきに休むつもりでいるのだろう。

こちらは酒を飲まずとも、こういう気取らない時間は話がしやすい。

ちょうどいい機会だから、昼間の件を少し話してみようか。

軽くグラスと缶を合わせて乾杯し、互いに一口飲んだところで、良英は口を開きかけた。

するとそれよりも一瞬早く、賢人が訊いてきた。

「佐々木。おまえは今の菱沼グループを、どう思っている?」

「……っ？」

思いがけない問いかけに、息をのむ。

まるで良英の思考を見通したかのようなタイミングだが、まさかそんなわけもあるまい。

もしや賢人も、昼間の件を気にしていたのだろうか。

「どう、とおっしゃいますと？」

「おまえは一社員として五年間、うちの会社で働いてきただろう？　俺が来る前とあとで何が変わり何が変わっていないか、忖度のない素直な見解を教えてほしいんだ」

（素直な見解、か）

良英は重役でもなんでもないのだから当然だが、昼間社長たちがされていたのとは、少々方向性の違う質問だ。

忖度のない見解と言われても立場的にどうなのかと、やはりまずは考えてしまうのだが、まさにその立場の差ゆえに、今まで賢人に仕事や会社についての意見を述べる機会がなかったのではないかとも思う。

一応は一般試験を経て入社したとはいえ、菱沼家と縁の深い自分の意見が一社員のものと言えるかどうかは一考に値するが、この際、思っていることを言ってみようか。

少し考えて、良英は言葉を発した。

「……そうですね。私が入社した頃は、今よりも前例主義だったように思います」

「ほう？」

「私がいたのは主にアパレル部門でしたが、現場のスタッフで新しい企画を立案しても、前例のないユニークなものは、なかなか取り上げてもらえなかったのを覚えています」

「それはつまり、ベータやオメガが中心に立案したもの、ということだな？」

現場スタッフはほぼベータやオメガであると、あえて言うまでもなく、賢人が即座に訊ねてくる。

当時はバース性の問題として考えてはいなかったし、今もそのつもりで話したわけではなかったのだが、結果を見ればそのとおりだ。差別は構造の問題だ、などといわれるのは、こういうことを言うのだろう。

そしてやはり賢人は、アルファだけが意思決定にかかわる今の会社のありように疑問を抱いているのだ。

良英は賢人に答えて言った。

「おっしゃるとおりです。ですが、今はその頃よりも、風通しがよくなったといいますか。何かが大きく変わったということはありませんが、現場の声をすくい上げようという機運が高まっているように思います。賢人様がいらしてからは特に」

「そうか。風通しがよくなったというのは、いい傾向だな。空気がよどめば停滞する。それはどこにいても同じだ」

賢人がグラスを持ち上げ、琥珀色のブランデーを眺めながら言う。

「俺はできれば、もっと大きな風穴を開けたい。そのためには、どうすべきだろうな」

独りごちるように言葉を続けて、ブランデーを一口飲む。

それは先ほど、良英が考えていたことともつながる。

昼間の会議を思い出しながら、良英は言った。

「賢人様のお考えを、午後の会議のような席で、率直におっしゃってはいかがでしょうか」

「……というと？」

「賢人様は、皆に考えておくようにとおっしゃいましたが、考えるためには問題の自覚が必要ですし、それを解消するためには物事を変えようとする意識を持たねばなりません」

「それは、そうだな」

「ですが、あの場にいらした方々にそれがあるとは、私には思えませんでした。賢人様のご指摘を皆様がいまひとつ受け止めきれていなかったのは、そのためではないかと」

アルファに対してベータの自分がそんなことを言うのは、一般的にはとても失礼だ。賢人に助言めいたことを言うのもとても気が引けるのだが、ここはあえて言わなければ。

良英は意を決して、賢人に告げた。

「あの方たちは、ご自分たちがアルファで、どのような地位にあるのかということすら、お忘れになっているのではないかと思います。ですから、はっきりとわかるように話さなければ何も伝わりません。バース性の問題については特にそうです」

社長たちに対して強い言葉を使いすぎているかもしれないと、内心ひやひやしながらも思ったままを話すと、賢人も少し驚いたのか、まじまじとこちらを見つめてきた。

ややあってその精悍な顔に、沈んだ表情が浮かぶ。

「……ああ。本当に、おまえの言うとおりだと俺も思うよ」

「賢人様……」

「グループカンパニーの社長にはアルファしかいないこと。どのカンパニーの管理職も、重要な企画の立案者も、ほとんどがアルファであること。それらは今すぐにでも変えねばならない旧弊だ。アルファならば、指摘されるまでもなく気づくべきだと俺は思っていたのだが、どうやらその考え方は、通じないようだな」

賢人が困ったように言って、こちらを真っ直ぐに見つめる。

「言いにくいことを言わせてしまったな。だが俺にそこまで言ってくれるのは、おそらくおまえだけだろう」

「……それは……、その、申し訳ありません、差し出がましいことを」

「そんなことはないさ。忖度なしと言っただろう？　そのとおりにしてくれて感謝しているよ、佐々木」

賢人が笑みを見せて言う。

「まあ、幹部や重役連中のことはおいおいなんとかするとしよう。それより、せっかくだからベータやオメガの社員たちの考えも聞きたいな。できるなら、直接話してみたいものだが……」

「でしたら、面談やミーティングの席を設けましょうか？」

「ふむ……。悪くはないが、それはそれで、かしこまった雰囲気になってしまうのではないか?」

思案げに賢人が言って、またブランデーを口にする。

「ちなみに、ベータやオメガの社員が日中一番リラックスしているのはいつだと、おまえは思う?」

「リラックス、ですか? さあ、どうでしょう。やはりランチの時間などでしょうか」

「ランチか。皆、食事はどうしているんだ?」

「いろいろだと思いますよ。近場の飲食店まで出かけたり、コンビニエンスストアで買ったり、一応、社屋の中には社員食堂もありますし」

良英は言って、少し考えて付け加えた。

「以前の職場には、自炊派で弁当持参の人だったり、ご家族がこしらえてくれる人もいましたね。前の通りに来ていたキッチンカーも人気で、スパイスカレーやケバブなどのエスニック系には、特に人が並んでいました。オーガニック食材にこだわった、健康志向の店などもありましたね」

「なるほど、そうか。選ぶ余裕があるのなら、なかなか楽しそうだな」

賢人が言って、小さく笑う。

「おまえは、本当に何を訊いてもちゃんと答えが返ってくるな。実にいい秘書で、いいバトラーだ」

「私など、知らないことだらけです。お褒めいただくほどでは……」

「謙遜するなって。おまえに仕えてもらえる俺は、アルファとしてとても恵まれていると思っているぞ。本当に、このままおまえと結婚したいくらいだ」

「……またそんな冗談をおっしゃって」

以前から時折言われていたが、久しぶりに聞いた気がする。

前と変わったことといえば、夜のお相手をするようになったくらいだが、関係性が根本的に変わったわけではないのだ。良英はいさめるように言った。

「いつも申し上げておりますが、軽々しくそんなことをおっしゃるべきではありません。あなたは立場のある方で、結婚はあなただけのことではないのですよ？」

「それはまあ、そうかもしれないが……。酒の肴にちょっと想像してみるくらいなら、いいだろう？」

何やら少し甘えたような口調で賢人が言って、ブランデーのグラスを持った手をソファの背もたれに乗せながら、わずかにこちらに身を寄せてくる。

「何しろ体の相性は、抜群にいいんだからな」

「そ、の、ようなっ……」

いきなり艶っぽいことを言われ、動揺してしまう。

そう言われて否定するのもおかしいし、肯定するのもどうかと思う。

そもそも相性というのがどんなものなのかよくわからないが、何度か求められて行為を繰り返しているのだから、少なくとも相性が悪いと思われてはいないのだろう。

でもだからといって、結婚などあり得ない。

「まことに申し訳ありませんが、賢人様と結婚するなど、あまりにも現実感のない状況すぎて、私にはまったく想像がつきません」

「そうか？　じゃあ、恋人くらいならどうだ。さすがにそれなら想像できるだろう？」

「できるかできないかと言われれば、それはもちろん、できなくはないですけれども……。なぜそんなにも、食い下がるのです？」

わけがわからず、思わず問い返すと、賢人が妙に真面目な顔で言った。

「それはだな。そのほうが感度が上がるからだ」

「感度……、とは？」

「感じやすくなるってことさ。恋人が相手だと思えば、自然と体の反応も違ってくるだろう？」

「……そういう、ものですか？」

まるで当然のことのように言われても、愛も恋も本や演劇の世界でしか知らない自分は、「恋人と抱き合った経験」そのものがないのでよくわからない。

賢人と比べても仕方がないとわかってはいるが、自分はよくよく不毛な人生を送ってきたのではないかという気がしなくもない。

だが、ピンとこないものはどうしようもない。首をかしげていると、賢人が意味ありげな笑みを見せた。

「まあ、こういうのは試してみるのが一番早いな。ちょっと眼鏡を外してみろ」

「眼鏡を、ですか？」

言われるままに外すと、賢人がそれを受け取って、ブランデーのグラスとともにローテーブルに置いた。

それからこちらを真っ直ぐに見つめ、低く甘い声音でおもむろに告げた。

「『愛しているよ』、良英」

「……っ？」

「キスがしたい。この胸にあふれる、想いの証しを伝えたいんだ」

「ンん……っ」

グッとこちらに身を寄せられ、頭の後ろに手を添えてキスをされたので、驚いて思わず目を見開いた。

声の調子や言葉づかいがあまりにも芝居がかっているので、たぶんこれも毎度のおふざけなのだろうとすぐに察したが、もしかしてこの感じだと、このまま抱き合う流れなのではないか。

今夜はまったくそんなつもりではなかったので、慌ててしまう。

「……ぅ、んっ、あのっ、賢人、さ、まっ……」

「誰よりも愛しい良英。今すぐおまえと愛し合いたいよ。互いの想いを、熱い体で確かめ合いたい」

「……ん、んっ、ぁ、ン」

すっかり「恋人役」になりきっている賢人に、ちゅ、ちゅ、と繰り返し口唇に吸いつかれ、頬が熱くなる。

やはり賢人はその気みたいだ。

ノンアルコールビールの中身をこぼしそうだったので、キスに応じながら手を伸ばしてローテーブルに置くと、賢人がぎゅっと体を抱き締めてきた。

そのままソファの座面に押し倒され、何度も優しく口づけられる。

ブランデーの香りがする、ロマンチックなキス。

口唇は温かく、ついばむみたいにキスされるたび、体の芯が火照ってくる。服の上から大きな手で体を撫でられるのも、とても心地いい。

（恋人、か）

賢人が恋人だったらなんて、もちろんそんなことは考えたこともなかった。

でも、確かに結婚相手として想像するより、恋人同士のほうがまだ思い描きやすそうだ。一応これもつとめなのだから、賢人の希望に添えるよう振る舞わなければ。

良英はそう思い、賢人の首に腕を回した。

それをきっかけにしたように、賢人が口唇にぬるりと舌を滑り込ませてくる。

「……ぁ、んン……」

比べられるほどの経験はないので定かではないのだが、おそらく賢人は、とてもキスが上手いのではないかと思う。

アルファの賢人はベータの良英よりも体温が高く、熱い舌の感触を味わうだけで、体の芯が溶けてしまいそうになる。

肉厚な舌で口腔をまさぐられ、舌を甘く絡められると、腰のあたりにあやしいしびれが走り始める。上あごを舐められたり、舌裏をなぞられたりするうち、意識もぐずぐずと蕩けて、まともにものが考えられなくなってしまうのだ。

まさに今、良英はそうなりかけているのだが……。

「んっ……、ぁ、ふ、ぅう……」

良英の舌を優しくつついたり、口唇で軽く吸ってみたり、歯列の裏をやわやわと撫で回したり。

今日のキスはいつになく軽妙で、まるで甘くもてあそばれているみたいだ。

体を這う指の動きも、ボディーラインを撫でていたかと思えば時折引っかいたり、軽くつねってみたりと、何か少しいつもより遊びが多い。

とても親密な者同士の、じゃれ合いみたいな——。

「……っん、ふふっ、や、そこっ」

「ん？　ここか？」

「う、ふっ、やっ、くすぐったいっ」

脇腹を指先でくすぐられ、たまらず身をくねらせてしまう。すかさず賢人が脇の下のほうまで指を滑らせ、服の上から引っかくようにくすぐってきた。

「駄目、ですっ、そんな、あはっ、はは」

くすぐったがりなほうではないつもりだが、そんなふうにされると悶絶してしまう。

彼の手から逃れようと両腕を体に巻きつけて丸くなると、賢人が笑みを見せた。

「おまえは本当に可愛いな、良英」

「か、わ？」

「俺に触れられて反応するところを、もっと見たいよ。俺にだけ、可愛い姿を見せてくれ」

「賢人、さ……、んんっ……」

賢人がこらえきれずといったふうに大きな体で覆いかぶさり、また口づけてくる。

可愛いだなんて、初めて言われた。

じゃれるような触れ方も、そういう言葉も、もしかしたら恋人同士ならごく自然なコミュニケーションなのかもしれない。

それだけで身も心も甘くほぐれ、体が沸き立ってきたのが感じられる。

――賢人と自分が、恋人同士だったなら。

体を重ねるようになってからも、そんな想像はしたこともなかったし、今さらそう言われるとなんだかひどく気恥ずかしさも覚える。

おこがましさも感じるし、自分などが、とつい卑下したくもなる。

でも――。

（想像だけなら、とてもロマンチックなことかもしれない）

なんといっても、賢人はオメガだけでなくベータをも魅了するほどの、とびきりセクシーなアルファ男性だ。単純に甘い言葉を言われればときめくし、うっとりもする。

結婚相手として想像するのと同じくらい現実感がないのだから、もはや自分がどうというより、恋愛映画や小説を楽しむときのように、その世界にただ浸り、没入してみればいいのではないか。

良英は、恋人にすがる主人公みたいな気分で、賢人のたくましい胸に手を置いた。すると賢人が、良英のスラックスからワイシャツの裾を引き出してまくり上げ、肌を手のひらで撫でてきた。

「ん、ふ、ぅ、んン……」

くすぐられたせいか、皮膚がいつもよりも敏感になっているようで、彼の大きな手が這い回るだけで、ゾクゾクと肌が粟立つ。

キスも熱っぽくなり、舌が絡まるたび腹の底がずくんと疼くのが感じられた。

感度が上がる、と先ほど賢人は言っていたが、もしかしてこういうことなのか。

知らず息を乱して体に抱きつくと、賢人が良英のワイシャツのボタンを外し、胸に触れてきた。

「ぁ、んっ、ん、う……」

知らぬ間にツンと勃ち上がっていた左右の乳首を指できゅっとつままれ、腰がビクンと跳ねる。

乳首はそれなりに感じる場所だが、明らかにいつもよりも過敏になっていて、くにゅくにゅともてあそばれると背筋を快感が駆け上がる。くいっと引っ張られたり、乳頭を指先でかりかりかりと引っかくようにされたら、喉奥から恥ずかしい声が出そうになった。

賢人がちゅく、と淫靡な水音を立ててキスをほどき、間近でこちらを見つめて甘い声で訊いてくる。

「ここ、いい反応だな？　こうすると、いいか？」

「あぁ、んっ、そ、なっ、つままれ、たらっ」

「ここをいじっていたら、こっちも反応してきたぞ？」

「は、ぁあ」

左の手で乳首をいじったまま、右の手で服の上から局部を撫でられ、吐息のような声がこぼれる。

キスと胸への刺激だけで、良英自身はもうすっかり形を変えていて、賢人の手の動きに反応して服の中でビンと跳ねるのがわかる。すぐにでも爆ぜてしまいそうなほど、張り詰めてしまっているようだ。

「どうしてほしい、良英？」

「えっ……」

「俺たちは今、『恋人同士』だ。俺はおまえが望むようにしてやりたい。おまえが悦ぶ姿が見たいんだ」

「賢人、さん……」

そんなふうに言われたのは初めてだ。

もちろん今までも、行為を進めるに当たり都度合意を求めてくれてはいたが、こちらが何を望むかを訊かれたことはなかった。

どうと言われても、賢人が満足してくれればそれでいいと思ってきたのだ。

(でも、本当の、恋人同士だったら……？)

もしも自分が彼の恋人なら、どうだろうか。自分も悦びを得たいと思い、素直に願いを口にして、甘えてみせたりするのではないだろうか。

「……直接、触ってほしい、です」

そんな願望を、今まで口に出したことはなかった。

けれどそう告げたら、胸がドキドキと高鳴ってきた。良英はおずおずと賢人を見つめ、声を震わせながら続けた。

「胸にも、そこにも、触ってほしい……、感じさせて、ほしいですっ」

欲張りな恋人みたいに甘えてみせると、賢人が笑みを見せた。

「ああ、いいとも」

どこか嬉しそうに言って、賢人が良英のズボンを緩め、フロントを開いて下着をずらす。

こちらを見つめながら長い指を幹に絡めて、ゆっくりと上下に動かし始める。

「は、ぁ、ん、うぅ」

温かい手に包まれ、欲望を優しくしごかれて、愉楽に酔った声が洩れる。

抱き合うたび賢人に触れられてはいるが、自ら望んでそうしてもらうと、ただ受け身でいるときよりもずっと気持ちがいい。

こちらの反応を気に入ったのか、賢人が右の手を動かしながら、良英の右の乳首を左手の指でつまみ、左の乳首には口唇でちゅっと吸いついて、舌先で軽く転がしてきた。

「あ、ぁっ、そ、んなっ、はあ、あ」

両の乳首と欲望を同時に刺激され、しびれるみたいな快感に身悶える。

『恋人』としての賢人の触れ方は甘く優しく、それでいてどこか執拗でもあって、まるで良英の味を確かめているかのようだ。

彼の吐息がかすかに弾んで悩ましげなのも、なんだかとても『愛されている』という感じがする。

胸を一心に舐《ねぶ》る賢人に目を向けると、彼もこちらを見返してきた。

その黒い瞳の奥に劣情の火が見えた気がして、魅入られてしまう。

「『愛している』、良英」

賢人の濡れた口唇から、また愛を告げる台詞が聞こえてくる。

「俺にはおまえだけだ。おまえも、俺を想ってくれているか？」

低く問いかけられ、くらりとめまいを覚える。

『恋人』にそんなふうに問われたら、それだけで永遠の愛を誓ってしまいそうだ。

ほとんど思考が止まったまま、良英も言葉を返す。

「は、い……、私もあなたを、『愛しています』」

賢人があぁ、と甘いため息をつく。

「嬉しいよ、良英。おまえを愛したい。どこまでもよくしてやりたい……！」

「あ、ぁあ、あっ」

賢人がまた胸に吸いつき、欲望をしごく手の動きを速める。

口唇と指とで左右の乳首をいじられ、追い立てられるように欲望の幹をこすり上げられて、悦びで腹の底がふつふつと沸いてくる。

甘露な言葉と愛撫とが、まるでいざなうように良英を高みへと導いていく。

「あ、あ……、賢人、さ、んっ、ぁあ……」

「達きそうか？」

「ひ、ぅっ、達、きそう、ですっ、もうっ」

「達ってくれ、良英。俺が見ていてやる」

「や、ぁあっ、ああ、はあああっ……」

賢人にうながされ、その目に見つめられるまま、良英は頂を極めた。

悦びと羞恥とで頭が沸騰して、視点が定まらない。欲望の先端を包む賢人の手のひらにはビュク、ビュク、と白蜜が跳ね、腹の上にぬるく滴り落ちる。

その様子にも賢人はうっとりと目を向け、次いで悦びに身を震わせる良英を余すところなく眺め回す。

「……ふふ、なかなかクるものがあるな。おまえを感じやすくするつもりが、俺が我慢できなくなってきたよ」

賢人が言って、良英が放った白いもので濡れた指先を舐める。

「このまま、おまえと恋人同士みたいに愛し合ってみたい。そうしても、いいか？」

「……っ……」

問われるまでもなく、良英もそうしたい。そうしてほしいと体がねだっている。

劣情のにじむ彼の瞳に魅入られながらうなずくと、賢人が待っていろ、と言って体を離し、リビングを出ていった。

良英がローテーブルの下の棚に置かれたボックスからティッシュを取って、腹や胸に跳ねた白蜜を拭い、半端に緩められたズボンを下着ごと脱いだところで、賢人がオイルとコンドームを持って戻ってきた。

良英の脚に手を添え、曲げた膝に口づけて、賢人が言う。

「ソファに膝をついて、俺のほうに腰を突き出してくれ、My sweet」

「っ！　は、はい」

甘くソフトな声でMy sweetなどと言われると、それだけで顔が上気してしまう。

ソファの背もたれにつかまって上体を預けてあごを乗せ、膝をついて腰を上げると、賢人がオイルを手に垂らし、良英の狭間に触れてきた。

「あっ、ぁ……！」

賢人の指が窄まりを撫で、くるりと柔襞をなぞってから、ぬるりと中に滑り込む。オイルで濡れた指でくちゅくちゅとかき回されると、そこはすぐに柔らかく開き始める。二本目の指を挿し入れながら、賢人が言う。

「可愛いな、おまえのここは。触れただけで、こんなにも甘く柔らかくなって」

「あ、んっ、はぁ、あ」

「おまえのここも愛しているよ、良英。愛しいおまえとここで一つになれるのが、俺は何よりも嬉しい」

後ろを丁寧にほぐしながら、賢人が背後から身を寄せ、耳朶を優しく食《は》んでくる。耳にかかる彼の息は荒く、欲情しているのが伝わってくる。

『恋人』がこんなにも興奮しているのだと思うと、良英の体もそれだけで熱くなるみたいだ。硬い指で中をかき回され、行き来しながら媚肉をなぞられるだけで、先ほど達したばかりの良英自身がまた硬くなって頭をもたげる。

中もひどく感じやすくなってきて、賢人の指の動きに合わせて知らず腰まで揺れてきた。

それに気づいた様子で、賢人が訊いてくる。

「腰が揺れているな。指でこうすると、いいのか？」

「ん、んっ」

「肉の襞がひくひくしてきた。指だけでおまえがこんなふうになるのは、初めてだな」

賢人が淫靡な声で言う。

「このまま、達くか？」

「……ぇ……？」

「指だけでも気持ちがいいなら、達ってもいいぞ？」

「やっ、それは、嫌、ですっ」

良英は首を横に振って、震える声で告げた。

「賢人さんのほうが、いい……、あなたのもののほうが、もっとずっと、気持ちがいい、から……」

『恋人』に挿入をねだるのならどう言うだろう、などと考えるまでもなく、自然とそんな言葉が口を突いて出たから、自分でも少し驚いた。

でも、『恋人同士』なら、結ばれ合って達したい。愛する人のもので腹を埋め尽くされて、どこまでも激しく淫らに達き果てたい。

想像とはいえそう思ったら、もうそれだけで後ろがきゅうきゅうと収縮し、己の切っ先からとろりと透明液があふれるのを感じた。

賢人があぁ、とため息をついて、劣情のにじむ声で言う。

「おまえがそう言ってくれるなんて、嬉しいよ。今すぐ愛してやる」

後ろから指を引き抜かれ、小さな喪失感と甘い期待とで身が震える。

賢人が背後で衣服を緩めてコンドームを装着し、ソファを汚さないためにか良英のそれにもかぶせてから、両手で尻たぶをつかんで上向かせる。

「つながるぞ、良英」

「は、ぃつ、ぁつ、ああつ、あつ」

切っ先を埋め込まれ、腰を使って揺すり上げるみたいに挿入されて、ビクビクと体が震える。

いつも最初は甘苦しさを覚える彼のものが、今日は思いのほかスムーズにはめ込まれる。彼の熱さが心地よくて、そのまま達してしまいそうな気さえしたくらいだ。

早く動いてほしくて思わず腰を揺すったら、賢人もそうしたかったのか、身をしならせて腰を打ちつけ始めた。

「あつ、ぁう、ふぅつ、ああ……！」

ピッチは抑えられているが、抽挿はズンと深く、彼の下腹部が双丘にぶつかるたびぴしゃっ、ぴしゃっ、と肉を打つ音が立つ。

肉杭そのものもいつになく張り詰めており、肉襞をこすり立てて突き挿れられるたび最奥まで貫かれ、衝撃と快感とが脳天までビンビンと駆け上がった。

「い、いっ、賢人、さんのっ、いい……」

「おまえの中もたまらないよっ。俺をきつく、締めつけてっ……」

賢人が言って、徐々に動きを速めていく。

すると良英の中もそれに応じるように甘く溶け、彼に追いすがっていく。

互いに相手の反応によって昂らされ、行為に没入する。

それをここまではっきりと感じられたのは初めてだ。『恋人同士』だと思うだけで、こんなにもセックスは違うものなのか。

「『愛してる』、良英。『愛してる』っ」

「賢人、さんっ、私も、あなたを、ああっ、あああっ」

愛を告げる言葉と体の交わりとが濃密に絡まり合って、良英の体にひたひたと絶頂の波が押し寄せてくる。

その波に包まれて、良英の肉筒が悦びへと収斂して──。

「ひ、ぅ、達、く、達っ……」

こらえる暇もなく頂点に達すると、賢人も低く声を発して亀頭球まで中に沈め、背後から良英の体をかき抱いて身を震わせた。

『愛してる』――――。

絶頂の恍惚をたゆたい、蕩けきった良英の意識に、その声だけが響いていた。

恋人同士のように触れ合ったり、抱き合ったりするのが、普段のセックスとどう違うのか。振り返ってみても、良英にもどうも上手く説明ができなかった。

でも、賢人が言うとおり感度が上がるというか、とても感じやすくなるのは確かで、行為中はいつもより敏感だったとは思う。あのあともベッドに移動して盛り上がり、良英は結局そのまま屋敷に泊まることになった。

良英の反応がいいのが賢人もよほど楽しかったのか、翌朝朝食を食べながら、これからはこの体でいこう、などと言い、実際にそれから二度ほど恋人同士のように抱き合っている。

まるで何かのプレイのようだと思わなくもなかったが、別に恥ずかしいことをさせられているわけでもないし、賢人が喜ぶならこれからも応じていきたい。できれば自分でも研究して、それらしい雰囲気になるようつとめなければと、良英は思っていた。

そんなとある平日の昼前のこと。

「……おや、メッセージが来ていたのか。気づかなかった」

役員フロアの廊下を歩きながら、賢人が携帯電話の画面を見て言う。

午前中いっぱい、良英は賢人が社屋内で行われたコスメティックカンパニーの試作品発表会に出席するのに同行していた。

賢人が近くのイタリアンで友人とランチをとる約束をしているというので、良英は何か買ってきて、自分のデスクで食べようと思っていたのだが……。

「ランチは取りやめだ。友人が急に都合が悪くなったらしい」

「それは残念ですね。店の予約のキャンセルは……」

「向こうでしておいてくれるそうだが、さて、どうするかな」

賢人が思案げに言って、こちらを見て訊いてくる。

「社員食堂は何階にあったかな、佐々木？」

「十五階、ですが……、いらっしゃるおつもりなのですか？」

「ああ。俺は利用できない仕組みでなければ、だが」

「いえ、もちろんそのようなことは。食堂も購買と同じく、IDカードでの決済ですので、あ……！」

説明している間に、賢人がエレベーターホールに行って下りのボタンを押し、止まっていたエレベーターに乗り込んだので、良英も慌ててついていく。

菱沼グループの社員食堂は、この社屋に限らずどこもカフェテリア風のしゃれた作りで、一部外部からの利用者向けに解放されているほか、昼食をとりながら作業したい社員向けの執務スペースが併設されているので、利用者の数がとても多い。

良英もときどき利用して、社員たちの会話などを聞いてみたり、食堂の職員と話をしたりして、さりげなく社内の情報を収集することもある。

ベータの良英はそうやって「紛れ込む」ことができるが、賢人はそれでなくとも目立つのだ。CEOという立場の人間がいきなりやってきたら、ちょっとした混乱を生むのではないか。

降下するエレベーターの中で起こり得る事態を想定していると、やがて十五階で止まり、扉が開いた。食堂はエレベーターを出てすぐのところに入り口があるため、もうすでにいい匂いが漂ってくる。

入り口から中をのぞいて、賢人が言う。

「ふむ、思ったよりも広いな。座席数はどのくらいだ？」

「三百席ほどだったかと。奥に執務スペースが五十席ほどあります」

昼の休憩時間が始まるよりもまだ少し早いためか、それほど人はいない。

だが賢人が入っていくと、案の定スタッフと社員たちがざわめき、視線がこちらに向けられた。

目立つのはいつものことだからか、賢人が何も気にすることなく食堂を見回しているので、良英は彼を案内してカウンターに歩み寄った。

「こんにちは」

「あら佐々木さん。こんにちは……、えっ、えっ？」

顔なじみのベータ女性のスタッフが、良英がＣＥＯである賢人を連れているのに気づいて目を丸くする。賢人が興味深そうにメニュー表を眺めて、スタッフに訊ねる。

「ここを使うのは初めてなんだ。何が人気なのかな？」

「はい！　ええと、ランチビュッフェＡが人気です！」

「ではそれを一つと……、佐々木は？」

「同じものをと考えておりますが……」

「じゃあ、二つで」

「あ……」

賢人がさっさと良英の分まで決済してスタッフに会釈をし、次はどうするんだと訊ねるようにこちらに笑みを向けたので、良英は料理が並ぶビュッフェを示して歩き出した。

途中ですれ違ったホール係のスタッフが挨拶してきたので挨拶を返すと、賢人が意外そうに訊いてきた。

「顔を覚えられているようだが、よくここを利用するのか？」

「月に何度か。ここは外部からの利用者も多いので、社員の利用者の顔と名前はなるべく覚えておくのだそうです。ＩＤカードで管理されてはいますが、人の目が行き届くことが快適さにつながるというのが、現場の考えなのだそうで」

「なるほど。それはとてもいい考え方だな」

列ができる時間には早かったので、専用のトレイを賢人に手渡し、そのまま料理のほうに近づく。

ちょうどそこにはベータとオメガの男女四人組がいて、何か話しながら料理を選んでいるところだった。

見たところ、まだ入社して数年という感じのとても若い社員たちだ。

そのうちの一人が、なんとなくこちらをちらちらと見ているのに気づいて、賢人が訊ねる。

「……失礼。何かおすすめがあれば、教えてほしいのだが」

「え！　と、そうですね、ビーフカツとか、ピカタなんかが美味いかなって思います！」

「……えっ、CEO、ですよね？」

「ああ。ここを利用するのは初めてなんだ。きみのおすすめは？」

「わ、たしですかっ？　ええと、温野菜、サラダとか……！」

いきなり話しかけてきたアルファ男性がCEOだとわかって、四人とも驚きの顔を見せつつも律儀に教えてくれる。

会社の上役に急に声をかけられたら、まあそれが当然の反応だろうが、四人の顔にはほんの少し好奇心ものぞいている。

賢人が特別に人を惹きつけるアルファであるせいもあるだろうが、創業家の若きCEOがどんな人物なのか、やはり興味があるのだろう。

その気持ちをすっとすくい上げるように、賢人が四人を見回して言う。

「きみたちくらいの若い社員の普段の様子が知りたいと思って来たのだが、よければ一緒に食事をしながら、話を聞かせてもらえないか？」

『せっかくだからベータやオメガの社員たちの考えも聞きたい』

先日屋敷で話していたことを、賢人がこれほど合理的に実行に移すとは、良英もさすがに思いもしなかった。

最初の日、賢人は若い四人の社員たちと食事をしながら、食堂や併設された執務スペースの利用状況の話などから会社の福利厚生の話題まで、短い時間でたくさんの話を聞き出していた。

翌日はもう少し年が上の、初めて役職がついたくらいの年代の社員たち、翌々日は三十代半ばと、賢人は数日かけて幅広い年代の社員たちとざっくばらんに、ときには業務についての突っ込んだ内容まで話して、交流を深めていった。

社員食堂以外の場所でも、外部委託の清掃員や警備員、派遣社員やアルバイトのスタッフたちに声をかけ、彼らの視点からしか知り得ない情報や、とある重役のちょっとユーモラスなエピソードなどまで聞き出したりしている。

良英も普段からそれなりに社内情報の収集をしていたつもりだが、たった一週間ほどでそれをはるかに上回る情報に触れ、今ではすっかり社内の裏事情に通じてしまった。

賢人が気さくな人柄であることも社内に知れ渡ったようで、最初は緊張していた社員たちも、二週目からは次第にのびのびと話しだし、仕事について柔軟な提案を思いついて賢人に話したりし始めた。

それは賢人が何より望んでいたことだ。

「CEO、少しだけよろしいですか？」

まだ始業時間前の、社屋一階のエレベーターホール。

賢人の出社を待っていたのか、役員フロア直通エレベーターの前で、二人組のベータ男性が声をかけてくる。

以前は役員フロアの廊下だけだった朝の五分間プレゼンタイムだが、最近は様々なバース性、年代の社員があちこちで賢人に声をかけ、独自企画を提案してくるなど、だいぶ活気が出てきた。

賢人がうなずいて足を止める。

「ああ、もちろんだ。先日のオメガ向けサプリメントの件かな？」

「はい！　ですがあの、最初にお話しした方向性とは、だいぶ変わってしまって」

「かまわない。変化を恐れてほしくはないからな。佐々木、先に行っていてくれ」

「かしこまりました」

今日は朝一番で地方にある研究所の所長とウェブ会議があるため、良英が先にオフィスに行ってセッティングしておく必要がある。

エレベーターが降りてくるのを待っていると、二人組のもう一人のほうがおずおずと告げた。

「その……、予算や規模を度外視している面も、あるのですが」

「気にしなくていい。きみたちがリスクを恐れず挑戦できる環境を用意するのが、私の仕事だ」

賢人が言って、笑みを見せる。

「私は菱沼グループを、誰もが生き生きと働ける会社に変えていきたいと思っている。チャンスはあらゆる人に開かれている。そう感じながら仕事をしてほしい」

力強い賢人の言葉に、二人だけでなく、エレベーターホールに集まり始めた人たち皆の顔がぱっと明るくなる。

良英ももちろん、とても感銘を受けたのだけれど――――。

「……おや、佐々木くんだけかね？」

役員フロアに上がったところで、重役の一人に話しかけられた。

おそらく賢人に話があったのだろう。良英はうなずいて言った。

「CEOは、下でヘルスケアカンパニーの社員たちとお話を」

「ふむ、そうか……」

重役がやや渋い顔で言う。

彼は誰でも賢人と話せるようになった今の状況を、少し苦々しく思っているようだ。

化粧室で別の役員と「社の行く末を案じていた」と、清掃員から聞いている。

重役が困ったように言う。

「なんというか、最近の我が社の風潮はどうかと思うのだがねえ」

「と、おっしゃいますと？」

「むろん、きみはとても優秀だと思うし、きみのような社員がいてこその我が社だ。しかし、実力を考えず若手社員を優遇するというのは、さすがにねえ……。きみはどう思うかね？」

もったいつけた口調で、重役が訊いてくる。

本当はベータやオメガを優遇するなと言いたいのだろうが、そう言えば明確な差別になるので、若手などと言っているのだろう。とりあえず良英を持ち上げておこうとする感じもいただけない。

けれど、もちろんそんな態度を見せるつもりはない。そして当然ながら、この重役に迎合する気もない。高慢な印象を与えぬよう控えめな声で、良英は言った。

「さあ、私にはなんとも……。ＣＥＯのお考えに従うのみです」

「……そうかね。まあ、きみのような立場では、それも仕方のないことか」

重役がやや失望したように言って、首を横に振る。

「ここだけの話、まるで人権活動家のようだなんて言う人もいるからね。まあ私は、それはさすがに言いすぎだと思うが……。先代はどう考えているのだろうねえ、まったく」

ぼやくような言葉には、今の賢人のやり方への不信がのぞく。

さほど多くはないが、このところこういった反応を示す上役も、ちらほら見かけるようになってきた。あまりに急な改革は、強い反発も招くのではと危惧を覚える。

もちろん、賢人ならばそんなことは十分にわかっているとは思うのだが。

(どこかで、ちゃんとお耳に入れたほうがいいかもしれないな)

オフィスルームへと去っていく重役を見送りながら、良英はそう考えていた。

それからしばらく経った、土曜日の午後のこと。

良英は一人、銀座にある喫茶店を併設する老舗和菓子店を訪れていた。

賢人に甘味処を訊ねられて以来、時間を見つけてあちこち足を運んでいるのだ。

賢人のほうは、来日中の大学時代の友人、バーンズ氏が観光するのに付き合って、二日前から金沢方面に旅行中だ。

(……ん、美味しい。上品な甘さだ)

黒文字で切り取った羊羹《ようかん》を一口食べて、じっくりと味わう。

バトラーとしても休みの日なのだから好きに過ごせばよいのだが、賢人のために店を調べているうちに、良英自身がすっかり和菓子好きになっていた。

都内には有名店はもちろん隠れた名店もたくさんあり、歴史的にも奥が深いことがわかって、自分でもすっかり楽しんでいる。賢人をどの店に案内しようか迷うほどだ。

ぜんざいやあんみつで甘味に目覚めたということは、やはりそこに力を入れている店がいいのだろうか。それとも――。

「……おや、良英じゃないか」

「……?」

穏やかな男性の声に顔を上げると、そこには六十代くらいのアルファ男性が立っていた。思わず目を見開いて、良英は立ち上がった。

「大旦那様！」

「こんなところで会うとは思わなかったな。一人かね？　相席してもいいかな？」

「もちろんです！　あ、野口《のぐち》さんも、どうぞこちらに……！」

賢人の父親であり、前ＣＥＯの卓人と、長年彼のバトラーをつとめるベータ男性の野口に、まさか銀座の真ん中で遭遇するとは思わなかった。

少し足の悪い卓人を野口と一緒に介助し、四人がけの席に向き合って座って、彼らが抹茶と羊羹のセットを注文するのを見ていても、なんだかまだ信じられない。

卓人がくるりと店を見回して言う。

「ここに来るのも久しぶりだな。会社にいた頃はたまに息抜きに来ていたんだが」

「そうなのですね。箱根はいかがです？」

「まあのんびりやっとるよ。すっかり楽隠居の身だからな」

卓人は賢人にＣＥＯの座と屋敷を譲ったあと、ふた月ほど海外旅行に出かけ、その後は箱根にある別荘に隠居して悠々自適の暮らしを送っている。

十年ほど前に膝に怪我をして以来、かなり無理をして仕事を続けていたようで、良英が入社した頃にはすでに早期引退説がささやかれていた。

賢人が帰国したことで、それはすぐに現実のものとなった。

「どうかね、賢人の補佐役は？　わがままを言って困らせたりはしていないか？」

「そのようなことは！　いつも大変気づかっていただいておりますし、こちらが学ぶことばかりです」

「はは、そうか。昔の野口と同じようなことを言うなあ」

卓人が懐かしそうに笑う。バトラーの野口が、控えめに微笑んで言う。

「才気あふれるアルファの主人あっての、私どもバトラーですから。日々すべて学びであるというのも誰もが感じるところです。基本的にバトラーは、皆そのように教育されますので」

「そういうものか？　だが、良英は……」

卓人が言いかけて、ああ、とうなずいてこちらを見つめる。

「良英はバトラー専門の教育を受けてはおらんが、代わりに美都子の薫陶をたっぷりと受けておるからな。わがままというなら、あれほどのわがままもおるまいて」

目をきょろつかせ、おどけた声で、卓人が言う。

「あれは近頃どうしている？　最近の様子を知っているかね？」

「大奥様と賢人様とは、時折ビデオ通話などでお話しされていますね。今は東アジア数都市でのリサイタルツアー中とのことですが、急遽東京で開催される音楽祭への出演が決まって、来週日本に一時帰国されるご予定とうかがっています」

「む、そうか。それなら連絡くらいよこせばいいのに、相変わらず自由奔放なことだ。まあ、花くらい送ってやるとするかな」

賢人の母親である美都子と卓人とは、長年少々奇妙な夫婦関係を続けている。

国際的に活躍するピアニストの美都子は昔から家を空けることが多く、帰宅すれば衝突が絶えないために、ついには別居に至ったのだが、今現在も離婚はしていない。

卓人は常々、アルファ同士の夫婦というのは、ともに能力値が高いために何かとぶつかり合うから、賢人にはすすめたくない、などとぼやいていて、一見卓人が鷹揚に構えて妻の自由を認めてやっている、というふうに見える。

だが賢人によれば、実態はそうではないらしい。卓人が菱沼グループのＣＥＯを引退して賢人に禅譲することになったのも、実は美都子からの提言が大きく影響したという話だから、周りから見た関係性のとおりではないのかもしれない。

そのあたりの機微は家族にしかわからないのだろう。

美都子にも卓人にも、良英はともに恩義を感じているので、どちらでもよいことではあるのだが。

「賢人はどうだ。相変わらず身を固める気はないのか？」

「時折ご縁談のお話はありますが、今は仕事を第一になさりたいようで」

「仕事か。賢人の経営手腕は心配しておらんが、そうもストイックではなぁ……」

「……」

たびたび賢人と行為に及んでいる身としては、今の彼はストイックといえるのかと、一瞬考えてしまったが、良英との関係はもとよりものの数には入らない。卓人が言っているのは一時の慰みのような関係ではなく、生涯の伴侶、パートナーのことなのだから。

でも、賢人にはまだ結婚の意思はなさそうだ。

ということは、良英との体の関係もまだしばらくは続くのだろう。甘く愛し合い、互いに悦びを感じ合う、『恋人同士』のような関係が。

なんとなく、当然のようにそう思っていたのだが……。

「実はな、良英。ここだけの話なんだが」

卓人が声を潜めて言う。

「旧知の友人の息子のオメガが十四歳で、賢人の番にどうかという話になっているんだ」

「……、そう、なのですか？」

「ああ。詳しいことは言えないが、今後を考えれば、この縁談は菱沼グループにとって最善だと私は確信している。絶対にまとめたいんだ」

卓人が言って、秘密めかした声で続ける。

「だが、何しろオメガがまだ若い。番にもできない年齢の相手では、賢人も抵抗を示すだろう。親の意向で勝手に決めるなと、美都子も反対するに違いない。だからできるだけ内密に事を進めて、早急に婚約まで持っていきたいのだ」

「婚約、ですか」

いずれはそうなるだろうとは思っていたが、想定よりもずっと早かったので、驚いてしまう。しかもその相手が子供だなんて、いったいいつの時代の話なのか。

「おまえにも協力を頼むことになるかもしれん。くれぐれも、賢人には悟られぬようにな」

卓人が念を押すように言い含める。良英は黙ってうなずくしかなかった。

「……佐々木？」

「……っ！　は、はい」

その夜。

旅行から戻った賢人に呼び出され、良英は急遽、菱沼の屋敷に出向くことになった。なぜかブラックタイで来いと言われたので、着替えて訪れると、呼んであったタクシーに乗せられ、そのまま六本木まで連れていかれた。

着いた先は、その昔高校の友人たちともぐり込もうとしていた、例のクラブだった。

「珍しいな、ぼんやりして。もしや、体調がよくないのか？」

「いえ、そのようなことは。あまり慣れない場所なので、緊張してしまって」

「そうか。だが、ここはもうアンダーグラウンドな場所じゃない。優一と水樹さんもいる。何も緊張することはないぞ？」

「はい……」

昔はあやしげな地下クラブだったここは、五年ほど前に行われた地域の再開発に合わせてクリーンになり、今はアルファ向けの会員制社交クラブになっているらしかった。

アルファの正会員からの紹介で、厳重な審査を通ってからでなければ会員になれず、誰か一緒に連れていくとなれば、その相手も簡単に身分をチェックされる。

賢人は優一の紹介で少し前に会員になったとのことで、声をかけたら良英と水樹も一緒に四人で行こうということになり、店の前で合流したのだ。

中に入ると、ボックス席がずらりと並ぶ高級クラブのような客席と、壁際に高いテーブルとスツールが置かれたボールルーム風の広いフロアがあった。二階には歌劇場のバルコニーのようにフロアを見下ろす、ガラス張りのＶＩＰルームが並んでおり、四人はその一つに通された。

一階の客席側の壁際にはドリンクカウンターとフードやスイーツのビュッフェがあり、優一と水樹が一緒に取りに行っている。

それを待つ間、半円形の大きなソファに賢人と並んで腰かけて、彼が入れたボトルのウイスキーをロックで飲んでいたら、フロアからしゃれたジャズカルテットの調べが聞こえてきた。

「何か、考え事でもしていたのか？」

「え」

「俺といるときに、おまえが心ここにあらずというのは珍しい。気がかりなことでも？」

探るように訊ねられ、勘の鋭さに冷や汗が出る。

昼間偶然卓人と会い、賢人の縁談を進めている話を聞かされてから、そのことがずっと気になっているのだ。

（十四歳の、オメガだなんて……）

内密にとは言われているが、賢人にそれを明かさないのはバトラーとしてどうなのかとか、まだ番にすることも婚姻することも不可能な子供のオメガとの婚約など、賢人が望むわけがないとか。

職責に照らして罪悪感を覚えたり、人権問題なのではと義憤を感じたりと、心が葛藤しているのだ。

親の意向による政略結婚や婚約は、名のある家に生まれたアルファならばごく当たり前に行われていることだ。賢人自身も自分は将来を選べないと言っていた。

だが、結果として賢人の感情が無視される。

それを黙って見過ごすことは、バトラーとして、秘書としてどうなのかという以前に、人として間違っているのではないか、と。

さらに、いかにもまっとうなそれらの感情とは別に、なんともいわく言いがたいもやもやとした気持ちが胸に湧き上がってくるのも感じて、良英は困惑している。

婚約者ができれば、賢人と時折ベッドをともにする今の関係は終了だろう。

というか、そうでなければ相手への背信になる。

それは当然のことだし、誰にとっても正しいのだが、何か割り切れないものを感じてもいるのだ。

彼の人として自然な欲求がないがしろにされるのは、正しいことなのか、とか。

婚約してからも彼に求められたら、自分は応えるべきなのかそうでないのか、とか。

もやもやの一部は、そんな疑問で占められている。

(でも、そもそも私は、それを考える立場ではないのでは?)

仮に納得できない縁談が進んでいるのだとしても、自分にはそれを止めることはできない。バトラー風情の出る幕ではないし、卓人にも賢人にも意見する立場ではないのだ。

自分の領分をはみ出した余計なことを考えてしまうのは、賢人と寝ているせいなのか。

だとすれば、少々思い上がりが過ぎるのではないかとも思う。

自分を恥じながら、良英は言った。

「気がかり、というほどではありません。ただ、私は秘書として、バトラーとして、賢人様に十分にお応えできているのだろうかと」

「なぜまたそんなことを？　そう思ったきっかけを知りたいな」

「きっかけはありません。常々そう思っておりますので。しいて言えば、このような場所に連れてきていただいて、気後れしているせいかもしれません」

良英の言葉を吟味するように、賢人が黙る。

これはこれで、良英の偽らざる本音だ。

自分はベータで、本来ここに来られる立場ではない。アルファと番になり、生涯の伴侶としてともに生きていけるオメガでもない。

ベータであることを意識する場面は多々あれど、こうした場に来ると、やはり強く感じるのだ。ベータにしては優秀、などと言われても、自分は所詮「その他大勢」なのだと。

「……気後れか。そんな気持ちになる必要などないんだがな。実際、中高時代の雰囲気とあまり変わらないじゃないか？」

賢人が言って、ガラス窓越しにフロアを見回す。

確かに、この場のアルファの多さは賢人と通っていた中高一貫校を思い出させる。

友人同士集まって飲みながら気兼ねなく笑い合ったり、ときに頓狂な声を上げながら楽しげに話している様子は、少し似ている気がしなくもない。

もちろん、当時も良英が自分をベータだと感じる場面は多かったのだが、居心地は悪くなかった。生徒には上流階級の品のいい子供が多く、のびのびした校風だからだと思っていたのだが。

「ニューヨークにいた頃、向こうの友人たちに、ときどきこういう店に連れていかれた。さっきまで旅行していたバーンズとも行ったことがあって、今日、おまえをここに連れてきたくなったんだ」

ウイスキーグラスを傾けながら、賢人が静かな口調で言う。

「そのニューヨークの店もここと同じく、同伴はOKだが、基本的にはほかのバース性を排除した、アルファばかりの場所だ。特権的な雰囲気の鼻持ちならない空間なのではないかと、最初は少しばかり懐疑的な気持ちを抱いていた。だが、行ってみるとまったく逆だと気づいた」

「……逆、とおっしゃいますと？」

「こういう場所では、誰も俺がアルファだと意識する者はいない。何しろ皆がアルファなのだからな。俺のほうも、常にアルファとして正しい振る舞いや物腰、発言をしなければと気を張る必要もない。家を一歩出たらアルファにはそういう場所が少ないのだと、俺はそのとき初めて気づいたんだ」

思いがけない言葉に驚かされる。

アルファ向けの会員制社交クラブと聞いて、良英も正直、同じような懐疑心を抱いた。

バース性の平等が叫ばれる時代にそんな露骨な区別はどうなのかと思いもしたが、それはベータである自分から見た一面的なものの見方で、アルファにはアルファの複雑な思いがあるのだ。

ある意味当然のことだが、それは見落とされがちな視点ではないか。

「俺はアルファだが、それは俺のすべてじゃない。バース性など関係なく、ただの人でありたいと常に思う。おまえはそんなことを思ったことはないか？」

「ただの、人ですか？」

自分がベータでなければ、と思うことはあまりないが、アルファであればとか、オメガであればとか、そう思うことはたまにある。

その他大勢であるがゆえのあこがれという面もあるので、賢人の問いへの答えとは少し違うが、そもそもバース性というものがなければ出てこない思いだ。

そういう意味では、真のバース性平等とは、賢人が言うように皆が「ただの人」になることでなされるものなのかもしれない。

「私はベータですので、ある意味最初から、自分はただの人だという意識を持っている気がしますが、こうしてバトラーとして賢人様にお仕えできているのも、私がベータだからこそです。その点ではむしろ喜ばしいことと考えております」

「ふふ、そうか。嬉しいことを言ってくれるな」

賢人が笑みを浮かべ、困ったように続ける。

「だが裏を返せば、俺がアルファでなければおまえが俺に仕える理由もないわけだ」

「え」

「バトラー制度はバース性平等に反する慣習だといわれてはいるが、おまえがいなくなるのは困るなあ」

「そんな、いなくなったりはしませんよ！　賢人様がアルファでなくても、私はあなたにお仕えしたいです。賢人様は、賢人様なのですから！」

慌てて言うと、賢人が目を丸くした。

思わず口を突いて出た言葉だが、それは良英の本心だ。

賢人がアルファでなくても、自分は傍にいたいと思う。秘書として彼を支え、彼の理想のために働きたい。そしてできれば、心身のケアもしてあげたい。

でも、もしもバトラー制度がなければ、逆に今のように傍にいられる理由がなくなってしまうのではないか。

賢人のバトラーだからこそ、私的な時間まで彼とともに過ごすことができているのだ。

卓人にとっての野口のように、主人が結婚してからも傍に控え、年を取っても寄り添い続けることだってできる。

時代遅れの慣習だとはいえ、それができなくなってしまうと思うと、思いのほか動揺してしまう。

(私はそんなにも、賢人様のお傍にいたいのか……?)

自分は思っていたよりもずっと、賢人に執着しているのではないか。

ふとそう気づいて、なぜかひやりとする。

彼がアルファでなくても仕えたいと思いながらも、傍にいられる大義名分などを求めてしまうのは、何かとても不純な気がする。

そんなこと、以前は考えもしなかったのに……。

「おまえがそう言ってくれると、とても心強いよ。俺も安心してただの一人の男になれる」

良英の内面の混乱など知らぬ様子で、賢人がどこか安堵したように言う。

それからその顔に、何やら意味ありげな笑みを浮かべて続ける。

「そのために、こういう場所があるんだ。ここにおまえを連れてこられて嬉しいよ」

「……？」

「アルファの品位を損なうような行為はご法度だが、ここでは多少羽目を外しても秘匿が保たれる。というわけで……、ちょっと膝を貸してくれ、佐々木」

「……膝？　えっ、賢人様っ……？」

賢人がごろんと横になり、頭をこちらの腿の上に乗せてきたので、思わず目を見開いた。

どうしていきなり、膝枕……？

「ああ、いいな。こういうことをやってみたかったんだ」

「そう、なのですか？　言ってくだされば、お屋敷でいくらでも……」

「家でやってもらうのも、それはそれで楽しいだろうが、人目のあるところでやってみたかったんだよ。いかにも恋人同士みたいだろう？」

「……それは、そうかもしれませんが……」

賢人の表情は、いつもよりも開放的でリラックスした雰囲気だ。本当にずっとこう

いうことをやってみたかったようだ。

もしやこれも、「恋人同士の体」のバリエーションなのだろうか。

「このクラブ、俺たちがもぐり込もうとしていた頃は、秘密の恋人たちの逢い引きの場所だったようだぞ？」

「秘密の、恋人？」

「人に知られてはいけない恋、道ならぬ恋、あるいは、許されぬ恋。抑えきれない恋情に突き動かされた秘密の恋人たちが、熱く火照った体を寄せ合い、つかの間情事に身を任せる。ここは、そんな情熱的な場所だったそうだ。きっとこの上なく燃え上がっただろうな」

賢人がどこか甘い声で言って、こちらを見上げて続ける。

「俺はときどき、想像してみることがある。もしも高校生のとき、おまえとここに来られていたらどうだったろうと」

「……？」

「まだ十代だったが、背伸びがしたい年頃ではあった。同級生の中には、恋人と愛し合ってるって奴もいて……」

賢人がふふ、と小さく笑う。

「そうだな、あのときここに来ていたら、俺はやはりこうしたかったな」

「……恋人のように、膝枕ですか？」

よほどそういう「プレイ」が好きなのだろうかと思い、軽く問いかける。

すると賢人が、真っ直ぐに良英を見上げてきた。

「ああ。でも、きっとそれだけでは終わらなかっただろう」

「……それは、どういった――」

訊ねかけた瞬間。

店の照明が急に暗くなり、ジャズカルテットの調べがやんだ。

停電でも起きたかと思ったが。

「……っ？」

突然フロアに紫がかった青いライトがつき、ズンズンと腹にくる激しいビートが流れ始めたのが、ガラス越しに伝わってきた。ややあってまばゆい照明がうねり、ラップ調のマイクパフォーマンスが響き始める。

フロアをのぞいてみると、スモークとともに大きなＤＪブースが現れた。

先ほどまでの上品なムードから一転、フロアに人が出てきて踊り始める。

なんだかいきなり、クラブのような雰囲気になってしまった。

「お、すっかりくつろいでるじゃないか、賢人」

ＶＩＰルームのドアが開き、一瞬の爆音とともに優一と水樹が戻ってくる。

水樹の手にはカクテルのグラスが二つ、優一はオードブルが載った皿と、デザートが山盛りの皿を手にしている。

賢人が良英の膝から起き上がってデザートの皿を受け取り、ローテーブルの真ん中に据えると、水樹が向かいに座り、上気した顔で言った。

「ちょっと、欲張りすぎちゃいましたかね？」

「気持ちはわかりますよ、水樹さん。ここのデザートはとてもいい。見た目も味も」

賢人が言って、良英と彼のグラスにウイスキーを注ぎ足す。

優一が良英の向かいに腰かけ、カクテルグラスを手にして言う。

「それじゃ、改めて」

「ああ。乾杯」

四人でグラスを持ち上げ、それぞれに飲む。

デザートを分け合って食べ始めた水樹と賢人を見て、優一が少し意外そうに言う。

「それにしても、賢人が甘党だったなんて知らなかったな。僕も嫌いじゃないけど、水樹みたいに目がないってほどでもないから、今日は一緒に来られて助かった。佐々木は知ってたの？」
「私も最近知りました。というか、お好きなのは和菓子なのだと思っていましたが
……？」
「まあ、それもそうなんだが、しみじみ味わってみると、洋菓子も美味いなと」
賢人がどこか気恥ずかしそうに言って、てっぺんにチェリーと生クリームが乗った
プリンをスプーンですくって一口食べる。
「……そう、このとろっとした甘さがいい。カラメルのほろ苦い甘さも。不思議だな。
昔は苦手だったんだが」
「そうなんですか？　チョコレートなんかはどうです？」
水樹がブラウニーを食べながら訊ねると、優一がぷっと噴き出した。
「あー、苦手だったよね！　バレンタインの前日に明日は休みたいとか言ってた」
「それは私も覚えております。でもサボるわけにもいかず、校門のところでたくさん
チョコレートをいただいて家に持ち帰っていらして。可愛らしくラッピングされたチ
ョコレートの山を前に、遠い目をなさっていましたね」
そのときの賢人を思い出し、思わずふふ、と笑いがこぼれる。優一が興味深げに訊
いてくる。

「苦手なのにいっぱいもらっちゃったチョコ、どうしたの？」

「私も少し分けていただきましたが、基本的にはご自分で召し上がっていましたよ」

「おー、さすがは生徒会長！　モテる男の鑑！」

「個人的な贈り物だ。丸ごと人にやるわけにもいかないじゃないか？　お返しも選ばなきゃならなかったし。なあ、佐々木」

困ったような顔で賢人が言う。

そういえば、ホワイトデーのための菓子を選びに良英も一緒に近所の洋菓子店まで行ったのだったが、今思えばなかなか楽しい時間だった。

水樹がおかしそうに言う。

「なんか、割と普通な感じの高校時代だったんですね。東京の一貫校って、もっとこう、規律が厳しくてビシーッとした雰囲気なのかと思ってました」

「うちの校風は自由だったからねえ。ああ、そういえばこの前、ここで高杉《たかすぎ》と会ったよ。バース人権局の後輩たちと一緒に来てた」

思い出したように、優一が言う。

「堅物で有名な風紀委員長だったけど、あいつもなんだかんだモテたよね？」

「高杉先輩は、特にベータの間では人気がありましたね」

「そうらしいな。官僚一家の出のアルファだからか、四角四面なところもあるが、俺や優一には思い至らないことに気づいて、適切な気配りができる男だった」

「バース人権局に入ったのも自然な成り行きって感じだね」

良英と賢人の言葉に、優一がうなずいて言う。

「奥さんも一緒だったよ。役所づとめのベータ女性だって」

「奥様、ですか？　正式にご結婚を？」

「たぶん。妻だって言ってたから、そうなんじゃない？」

（ベータと結婚したのか）

高杉は当時からバース性平等意識の高いタイプだったが、官僚を多く輩出しているエリート一家の出のアルファがベータと結婚するのは珍しい。

高校時代、密かに高杉に想いを寄せていたベータを良英は何人か知っているが、皆、先のない恋だと諦めていたから、気持ちを打ち明けたりはしなかったのだ。

よほど運命的なご縁だったのだろうか。

「……えっ、もう食べちゃったのっ？　二人でっ？」

優一の驚きの声に、皿に目をやると、山盛りのデザートがすっかりなくなっている。

賢人が満足げな笑みを見せて言う。

「ここでは俺も遠慮なくいかせてもらうつもりだ。水樹さん、今度は俺と選びに行きましょうか」

「はい、ぜひ！」

「佐々木は？　何か軽い飲み物でもいるか？」

「あ、いえ。まだ大丈夫です」

デザート選びでそれどころではないだろうと思い断ると、賢人は水樹をエスコートして、嬉々としてVIPルームを出ていった。

遠慮なくスイーツを食べる賢人というのもなかなか新鮮だ。賢人がここを「ただの人」でいられる場所だと言った意味が、ようやく実感としてわかってきた気がする。

「……佐々木、大丈夫？」

「え」

「ここに来たとき、あまり元気がなかったから。疲れてたりしない？」

優一にまで問いかけられ、自分はどれだけ思い詰めた顔をしていたのだろうと驚きつつ、良英は首を横に振った。

「いえ、そんなことは」

「そう？　秘書とバトラーの兼業なんて、けっこうなハードワークだろ？　無理は禁物だぞ？」

「お気づかいありがとうございます。お休みはしっかりいただいていますので、大丈夫ですよ」

とはいっても、休みの日にも仕事のことは考えているし、昼間のように賢人のために甘味処に行ったりもするのだが。

「ならいいんだけど。最近の賢人はどう？　縁談とか、あのあともいっぱい来てる？」

どこか探るように、優一が訊いてくる。

今となってはあり得ない話だが、賢人は一度水樹と見合いをしている。

優一と二人で話し合ってそういうことになったのだが、元々優一と水樹は惹かれ合っていて、互いによかれと思ってのすれ違いがあったようで、結局は破談になった。

水樹が連れ去りに遭ったのもそのときだったが、自分が気づかなかったらどうなっていただろうと、今振り返っても背筋がひやりとする。

発情や番の仕組みがあるオメガは、とかく悪意を持った者たちに狙われたり、利用されたりしやすいのだ。まだ十四歳なのに政略結婚の道具にされそうなオメガもいるくらいに――――。

（優一様は、どうお考えになるだろう）

縁談の件をバラすわけにはいかないが、賢人と優一はともに名家の出で、同じような境遇のアルファだ。それとなく相談できるものならそうしたい。

良英は優一に答えて言った。

「……さあ、そうですね。相変わらずといったところですが、なんというか、アルファの方のご縁談というのも、いろいろと闇が深いものだなと」

「闇？」

「身近な話ではありませんが、まだ幼いオメガを、年の離れたアルファと婚約させようと画策するご家庭などもあるのだとか。賢人様にそのようなお話が来たらと思うと、少々怖い気がしています」

恐る恐る言ってみたら、優一は特に驚きもせずにうなずいた。

「ああ、そういう話か。うん、あるね。ていうか、けっこうよくある話だと思うよ」

「……そうなのですか？」

「オメガだけじゃない。若いアルファに誰でもいいからとりあえずオメガをあてがう、みたいなことも、ままあることさ。闇だよね、本当に」

さらりと恐ろしいことを言われ、絶句してしまう。

優一が安心させるように言う。

「まあでも、賢人は大丈夫だろう。幼いオメガと婚約なんて絶対に受け入れないはずだし、誰でもいいからとりあえずなんて、そんなわけもない。あいつはその点、誰よりもまともなアルファだよ」

そう言われて、ほんの少し安心する。すると優一が、ちらりとこちらを見て訊いてきた。

「もしかして、そんな話が来てるの？」

「い、いえ、賢人様のお話では」

「そういうことにしておいてあげるけど、何かあったら話を聞くから、遠慮なく言って。まあ、賢人なら大丈夫だって僕は思ってるけどね」

優一が言って、カクテルを一口飲む。

「それはそれとして、あいつって、ものすごいロマンチストだと思うんだよね」

「ロマンチスト……」

「そう。賢人は愛がなければ心も体も動かない男だと思うし、誰かと幸せになることを恐れたりもしない。僕と違ってね。だからこそ僕は、一度は水樹を彼に託そうとしたんだ」

賢人に水樹との見合いを持ちかけた理由を、優一の口から初めて聞いた。

確かに賢人は愛を育むことを何より大切にしている人だと思うが、誰かと幸せになることを恐れるとは、いったい……？

「優一様は、恐れていらっしゃったのですか？　その、誰かと幸せになることを……？」

「うん。少なくとも、水樹と結ばれるまではそうだった。今もときどき怖くなる。でもそのたびに、水樹が大丈夫だって言ってくれるんだけどねえ」

堂々とのろけるような口調で優一が言って、こちらを上目に見つめる。

「僕は、佐々木もちょっとそういうところがあるんじゃないかなって思ってるんだけど、どう？」

「私、ですか？」

「怖いって感情じゃなくても、恋愛にあんまり積極的になれないとか、興味を持てないとか。別にそれが悪いとかってことじゃなくて、考え方の癖みたいなのって、あるでしょう？」

恐れはそれほどピンとこないが、考え方の癖ということならわからないでもない。癖というか、考え方そのもののような気もするけれど。

「さあ、どうでしょう……、私は恋愛よりも、バトラーとして生涯賢人様を支えるほうが、価値のあることだと思っているだけなのですが」

いつも思っていることを告げると、優一がまじまじと顔を見つめてきた。それから、何か納得したように言う。

「あー、なるほど。そうかぁ、そっちに行っちゃってるのかあ！」

「そっち、というのは……？」

「いや、佐々木らしいなって。でも、それならある意味誰よりも賢人の幸せを願ってるってことだろう？　賢人の好みとか、好きなタイプを知ってる？　彼はどんな人と結ばれたら幸せになれるって考えてると思う？」

「それは……、やはり賢人様ほどの方は、オメガかアルファと……」

「うん、そういうのは世間一般の常識ってやつだよね。それに、賢人じゃなくて佐々木が考えてることじゃない？」

（……私が……？）

一瞬、そんなことはないと思ったが、言われてみれば確かにそうだ。

将来を選べない、と彼は言っていたから、なんとなく同じように考えていると思っていたが、自分は賢人の考えを実はよくわかっていないのかもしれない。

思いがけずそう気づかされ、言葉に詰まってしまうと、優一が笑みを見せ、小首をかしげて言った。

「高杉の話のときも思ったけど、佐々木って、案外頑ななんだよね」

「……？」

「賢人と……、いや、賢人だけじゃない、アルファと結ばれる相手って、ベータじゃ駄目なの？　愛し合っているのならバース性なんて関係ないって、賢人はそう考えてるかもしれないよ？」

　優一の言葉にはっとさせられる。

いいセックスにバース性は関係ないと賢人に言われ、彼とベッドをともにしてきたが、恋愛や結婚についてまでその考えを広げてみることはしなかった。

バトラーとして、常に賢人のことを第一に考えてきたつもりだけれど、彼の好みやタイプを訊いてみたことはなかったし、ベータなんて思いつきもしなかったのだ。

　会社の重役たちがそうであるように、自分もまたバース性に深くとらわれ、無意識のうちに線引きしてしまっていたのだろうか。

　思わぬ気づきに驚いて、良英はしばし、何も言えずにいた。

「この道でよろしいですか？」

「ええ、大丈夫です。お願いします」

それから数時間ほど、クラブのＶＩＰルームで四人で飲んだあと、二組それぞれにタクシーで帰途についた。

賢人は終始饒舌で機嫌がよく、彼にしては珍しくよく飲んだので、タクシーに乗るやすっと眠ってしまった。

デザートをたくさん食べたせいか、どこか甘い香りをまとった賢人は、眠っていてもちょっと人前には出せないくらい、凄絶な色香を漂わせている。こちらも酔っているせいか、妙に胸がときめいてしまう。

『賢人は愛がなければ心も体も動かない男だと思うし、誰かと幸せになることを恐れたりもしない』

優一が言った言葉は、さすが親友だけあって、賢人という人をよく言い当てていると思う。

屈折したところなど一切なく、生まれも育ちも身につけてきた教養も最上級の、アルファの中のアルファ。

愛を与えるのにも求めるのにも、彼はきっとためらいなど覚えないはずだ。当然ながら幸せを恐れたりもしないだろう。

良英もそういう感覚はないとは思うのだが、それ以前に愛も恋もよくわからないので、そこに自分の未来を見いだすことができない。

そうなったのは親との関係が影響しているだろうし、自分がバース性について頑ななのだとすれば、原因もそこにあるのだろう。

でも、もういい大人だし、良英には良英の幸せがあるはずだ。

恋愛などせずとも、代わりに自分は誰よりも尊敬できるアルファの賢人に出会い、バトラーになった。彼に生涯仕え、支えられるのなら、それで――。

(……「代わりに」?)

自分の思考に、ふと疑問を覚える。

賢人への感情は純粋に尊敬だと思っていたが、それは恋愛の「代わり」なのか。

そんなこと、今まで考えたこともなかった。

だが先ほど自分で言った言葉を振り返ると、そのように考えているとも思える。

――恋愛よりも、バトラーとして賢人を支えるほうがいい。

自分では、賢人を尊敬する気持ちを恋愛と比べて代わりに選んでいるつもりなどなかった。だが優一が「そっちに行っている」と言ったのは、もしかしたらそれを見抜いてのことなのではないか。

なんだかそんな疑念まで湧いてくる。

「こちらでよろしいですか？」

「……あ、はい。ありがとうございます。賢人様、起きてください。着きましたよ」

タクシーが門の前に止まったので、料金を支払いつつ賢人を揺り動かす。

賢人が目を覚まし、運転手に礼を言ってさっと車を降りて歩き出すが、その足取りはややおぼつかない。

良英はすぐにあとを追って、肩を貸して体を支え、敷地の中に誘導した。

「……ありがとう、良英。おまえがいてくれて、俺は本当に助かっている。感謝しているよ」

門から玄関までゆっくり進みながら、賢人が言う。

佐々木、と姓で呼ぶのも忘れるくらい、賢人が酔っているのは珍しい。

こうして文字通り賢人を支えるのはいつでも苦にならないし、間違いなく自分がしたくてしていることだと思う。

だが、先ほど浮かんできた疑念のせいか、何か少し気持ちがざわつく。

自分がかいがいしく賢人の世話をしているのは、本当は何か別の欲望の代替行為なのではと、そんな気がして。

「それにしてもいい夜だった。俺ももっと、自分に正直に生きるべきだな」

家に入り、廊下をふらふらと歩きながら、賢人がしみじみと言う。

「おまえもそうだぞ、良英。自分が何を望んでいるのか、人はそれを知らなすぎる。人生は短いというのに！」

「あっ、ちょっ……」

寝室まで連れてきたところで、賢人が良英の肩に腕を回したままベッドに倒れ込んだので、良英も巻き込まれてシーツに転がった。

しばし至近距離で見つめ合っていたら、賢人がゆっくりと良英に顔を近づけ、口唇を合わせてきた。

「……ん……」

一応眼鏡を外して脇にのけたけれど、酔っているせいかキスが深まる気配はない。賢人がそのまま眠ってしまいそうな気配があったから、どうしたものかと思っていたら、やがて賢人が口唇を離して言った。

「……甘いな、おまえの口唇は」

「……？」

「体も、甘い。どうしておまえはこんなにも甘いんだ、良英」

「賢人、様？」

賢人の表情はいつになく熱っぽく、何か差し迫った雰囲気が感じられる。

でもいつもの芝居がかった様子はなく、一瞬ついていけずに顔を見つめた。

すると賢人にネクタイとシャツのボタンを緩められ、のしかかられて喉や鎖骨のあたりに口づけられた。

抱き合うつもりのようだけれど、こんなにも酔っていては、さすがに無理なのではという気も……。

「……っあ……！」

賢人が左の肩に顔をうずめたと思ったら、首筋に口づけてきつく吸いついてきたので、小さく悲鳴を上げた。

今までそんなふうにされたことがなかったので、驚いて身をよじると、賢人がはっと息をのんで顔を上げた。

「……すまない、無意識にやっていた。痛かったか？」

「大丈夫、です」

「ああ、痕がついてしまったな……。悪かった。ちょっと飲みすぎたな、今夜は」

申し訳なさそうに、賢人が謝る。

正直に言えば、痛いのは痛かったし、吸われたところがジンジンしている。

だがどうしてか、良英はその疼きを嬉しいと感じている。なぜそう思うのか自分でもわからず、賢人に伝えようにも言葉がなくて、気持ちが混乱してしまう。

どうして嬉しいなんて、思って……？

「……キスの痕なんて、初めてつけたよ。なんだか不思議な感覚だな」

賢人がまた肩に顔をうずめ、くぐもった声で言う。

「まるでおまえを、俺のものにしようとしたみたいな気分だ」

「……っ……」

ぎゅっと体を抱き締められて、ドキドキと胸が高鳴る。

自分のものにしようとしただなんて、まるでアルファがオメガを番にするために首に噛みついたみたいだ。

ベータを番にすることなどできないのに、それらしい行為をされた上に、そんなことを言われるなんて驚きだ。

でも賢人の言葉に、なんだか心が揺れる。自分の中の知らなかった感情が、大きく音を立てて動き出したみたいな、そんな気持ちになってきて――。

「……？　賢人、様？」

賢人の巨躯から力が抜け、呼吸が規則的になる。

どうやら賢人は、良英にのしかかったまま寝落ちしてしまったようだ。まだスーツを着たままなのにと、気になってしまうけれど。

（もう少し、こうしていたい）

重なった体の熱さ。体に巻きついた腕の力強さ。森を思わせる彼の香り。

賢人を形作るものを、このままもう少し感じていたい。

なぜだかそう思いながら、良英は賢人の背中にそっと腕を回した。


それから一週間ほどが経ったある日のこと。

「東京アスレチックミートの成功を祈って、乾杯！」

「……っ」

有名政治家による乾杯の音頭に、はっと我に返る。

一瞬意識が散漫になっていたが、良英はすぐに気持ちを仕事モードに切り替えて周りを見回した。

日曜の午後。数日後に始まる、海外招待選手も多く出場する陸上競技大会のレセプションパーティーが都心のとある会議場で開かれている。賢人がスポンサー企業の代表として出席しているので、良英も同行しているのだ。

（いつの間にか、こんなに大規模なイベントになっていたんだな）

この陸上競技大会は、バース性による競技機会不均等の解消を目的として、十年ほど前に初めて開催された。

菱沼グループは五年ほど前から主要スポンサーとして大会の運営資金を出資しているほか、大会記念ユニフォームなど、ファブリックグッズを提供している。

卓人は大会運営委員会の会長と親しく、今までは大会のたびにパーティーに招待され、スピーチなどしていたらしいのだが、ＣＥＯを引退してしまったので、後継者である賢人が招かれたのだ。

立食形式のパーティーなので、かなりの人が入り交じってはいるが、有名企業のトップや顧問が多く招かれていて、すでにちょっとした社交の場と化している。

こういう場で賢人のために良英ができることはそれほどないので、普段は聞こえてくる会話をそれとなく聞いて、情報を収集したりしている。

でも、今日はなんだか集中できない。

今日はというか、正確には一週間前、例の会員制クラブに行った翌日から、ずっとそうなのだが。

（もう、何も感じないな）

最初は赤く、それから紫になって、今は茶色くなってきたキスの痕。

ワイシャツの下に隠れたそれに、襟の上から指でそっと触れる。

キスマークなどと軽い言葉で呼ばれているが、要するに内出血の痕なので、最初は疼痛を感じた。

それが次第になくなって、今は触れても押しても特に感覚はない。もうしばらくすれば消えてなくなってしまうだろう。

良英はそれをうっすら残念だと感じていて、そんな自分におののいている。

（私はベータだ。この痕にも、意味なんてないのに……）

バース性の誕生以来、人類はアルファを頂点とした社会を作り上げてきた。

第二の性が生まれたことで男性でも子を孕めるようになり、いっとき社会が流動化したが、アルファとオメガ、そしてそれ以外のベータとの間にはいつしか分断が生まれ、社会生活をともにしながらも、互いに見えない壁で隔てられている。

ベータは誰かと番にはなれない。オメガのようにアルファの特別にもなれない。

多くのベータはごく幼い頃にそう気づき、それが当たり前だと思って生きていく。

人権意識の向上により、アルファとの婚姻自体は認められるようになったが、だからといって番の絆を結べるわけでもないし、ベータがアルファ性の子供を産むことができる確率も、オメガに比べたら著しく低い。

だからたとえ体の関係があっても、真剣な交際や結婚にまでは至らないのがアルファとベータの一般的な関係なのだ。

もちろん、優一が言ったように、それはアルファの生涯の伴侶がベータではいけない理由にはならない。愛し合っていればバース性は関係ないというのは確かにそうだと思うし、賢人がそうした考えの持ち主である可能性も、十分に考えられる。

でも、賢人と自分とは主人とバトラーの関係だ。

体の関係はあれど、バトラーとしてなすべき仕事としてのセックスだし、自分は賢人にふさわしい相手が現れるまでの、せいぜいが代用品なのだ。

賢人につけられたキスの痕だって、アルファがオメガにつける番の証しとしての噛み傷に比べたら、どうということのないただの真似事にすぎない。

それはお互いにわかっているはずで、だから賢人もすぐに謝罪してくれたのだろう。

なのに良英は、どうしてかこれに、ひどくこだわってしまっている。

『まるでおまえを、俺のものにしようとしたみたいな気分だ』

図らずも賢人自身が言ったあの言葉は、今でも良英の耳に残っている。

あの首筋への口づけは、賢人が無意識にした、アルファがオメガを噛んで番にする行為の代替だったのかもしれない。

ならばこのキスマークは、番の証しである噛み傷の代わり。

そう感じたからこそ、これが良英にとって意味のあるものになったのではないか。

ベータの自分には決してつけられることのない噛み傷を、与えられたような気持ちになったから……？

(考えては駄目だ。そんなことを、これ以上)

自分がどうしてこのキスマークにこだわるのか。

実のところ、その答えは出ている。

だが、それ以上は考えるのも恐ろしくて、思い浮かぶたび心の奥底に押し込んでいる。

なぜならどこまでも愚かしく、身の程知らずであるばかりか恩知らずで、恥ずべきことだからだ。

自分は賢人に、想いを抱き始めている。

ベータのバトラーでありながら、アルファの主人である賢人に対し、決して実ることのない感情を抱いてしまっている。

親に愛情をかけられずに育ち、恋愛というものもよくわからずに生きてきて、恋に落ちたことだって一度たりともなかった。

なのに、まさかこんなことになるとは。

(……でも、大丈夫だ。何も問題はない)

自分が頭の中でどんなおかしなことを考えていようと、伝えなければわからない。こちらが想いを口に出したりしなければ、賢人との関係が変わることはないのだ。

それに、叶うはずのない恋に身を焦がし、仕事が手につかなくなるほど子供ではない。賢人が婚約し、体の関係が終われば、この熱もいずれは冷めるだろう。

この先もバトラーとして長く彼に仕え続ければ、いつの日かほんのつかの間夢を見ていただけだと思えるはずだ。

自分はただ、そうやって生きていけばいい。これからも彼の傍にいられさえすれば、それで———。

「佐々木、少しいいか」

菱沼グループと同じく大会スポンサーである、有名飲料メーカーの社長と歓談していた賢人が、相手がほかのゲストに挨拶し始めたタイミングで振り返った。

その顔がほんの少し険しかったので、何か問題が起きているのかもしれないと察する。小声で話しやすいよう顔を近づけて耳を傾けると、賢人が短く告げた。

「このあとの二次会をキャンセルして、代わりに母さんのリサイタルを聴きに行くとしたら、何時に出れば間に合う？」

思いがけない問いかけに驚かされる。

今日は来日中の美都子が音楽祭にゲスト参加することになっていて、招待チケットが届いていたのだが、こちらのパーティーと二次会を優先して、リサイタル後の懇親会に顔を出すだけの予定だった。

賢人は何か予定が重なると常に仕事を優先してきたので、こういうタイプの予定変更は珍しい。

「お待ちを」

良英は携帯電話を取り出し、開演時間とここからの移動距離、かかる時間を調べた。

「一時間後で間に合いますが、余裕を見ておくのでしたら四十分ほどかと」

「わかった。時間になったら呼んでくれ」

賢人が言って、硬い声で続ける。

「もっとも、それよりも早く声をかけるかもしれないが」

「……承知しました」

できるだけ早く、この場を立ち去りたい。

言葉の響きから、賢人がそう思っているのが感じられる。何か居心地の悪さ、もしくは違和感のようなものを覚えているのだろうか。

「お、いたいた。やはりきみは目を引くねぇ、賢人くん」

「すっかり立派になって。お父上も鼻が高かろうね！」

「……お久しぶりです、進藤《しんどう》さん、田村《たむら》さん」

親しげに声をかけてきた二人のアルファに、賢人が薄い笑みを向ける。

進藤は先ほど乾杯の音頭を取っていた国会議員で、この大会の運営委員会の理事、田村は会長だ。二人とも卓人と親しく、賢人のことも子供の頃から知っているようだ。

にこやかな笑みを浮かべて、田村が言う。

「先代はすっかり箱根に引きこもってしまったようだが、お元気かね？」

「ええ。晴耕雨読の日々だと」

「ほう。それは何よりだが、まだ老後というには早かろうに」

「それだけ賢人くんを信頼しているのだろう。その気持ちはわかる。彼のような優秀な息子がいたら、すべて任せて引退したいと思うだろうさ」

進藤が田村に言って、賢人に向き直る。

「菱沼前CEOとはとても親しくしていたし、私だってきみを息子のように思っているからね。ときに賢人くん。きみもそろそろ、結婚を考えてはどうかね？」

いきなりの不躾な話題。

一般的にはハラスメントに当たるが、ある程度年代が上のアルファがいる場では、いまだにごく普通に交わされる会話だ。

賢人は表情一つ変えないが、うんざりしているのがわかる。

進藤と同世代の田村もうなずいて言う。

「進藤先生のおっしゃるとおりだと私も思うね。きみはいわば家督を継いだ身だ。子をたくさん産み、家を守ってくれる丈夫なオメガをもらうのが一番いい。ベータというわけにもいかないだろうし、さりとてアルファ同士では……」

「そうだねえ。こう言ってはなんだが、お宅のご両親のようになるだろうし、ねえ？」

同意を求めるように進藤が言って、賢人の反応をうかがう。

不躾を通り越してもはや無礼な発言だが、賢人は冷静に答える。

「いずれは考えるでしょうが、今はまだ、仕事を優先しようと考えております」

「うむ、それは素晴らしい考えだ。しかしだな、賢人くん。この年になるとよくわかるが、よき結婚をすることが、いい仕事につながるものなのだよ？」

進藤が言って、何やらもったいぶった調子で続ける。

「アルファだけのことではないんだ。オメガにとっても、番を得ることは心身の成熟につながる。実は我が進藤家にも年頃のオメガがいてね。まだ若いんだが、きみさえよければ――――」

言いかけたところで、すぐ近くからざわめきが聞こえたので、進藤が口を閉じる。目を向けると、パーティーの接客係のオメガ男性がアルファのゲストに平謝りしている。

どうやらフィンガーフードを運んでいるときにゲストにぶつかって、服を汚してしまったようだ。

オメガ男性はアルバイトなのかとても若く、すぐに先輩格と思しきベータの女性がやってきて、謝罪しながらゲストのアルファの服をナプキンで拭う。

ゲストはとても鷹揚に構えているのだが……。

「独身のオメガか。こうやって働かなければならないとは、苦労しているのだなぁ」

心底同情するように、田村がつぶやく。

「誰かいい相手を紹介してやれればいいのだが。見たところ二十歳そこそこのようだし、引く手あまただろうしな」

「田村さん。人には人の事情があります。それに、そういった発言はオメガへのハラスメントに当たりますよ？」

至極落ち着いた声で賢人が告げると、田村が苦笑いした。

「おや、そんなつもりはなかったのだが。私はただ、親切心で……」

「だとしたら、あなたはこの大会の意義をきちんと理解していないということだ。スポンサー企業の代表としては、由々しき事態だと言わざるを得ないな」

賢人が言って、冷ややかな表情を見せる。

「実は、来年度以降のスポンサー契約の更新について、一旦判断を保留にしたいと思っておりました。今日ここに来て、そうすべきだと強く感じましたよ」

「な、んっ？　何を言い出すのかね、突然っ？」

「むしろ、誰も言い出さないのが不思議なくらいです。あなた方はこの会場を眺めても、何もお感じにならないのですか？」

賢人の言葉に、田村がきょろきょろと周りを見回すが、怪訝な顔で首をかしげる。

だが進藤は気づいたのか、なだめるように言う。

「バース性比率の適正化の問題について言っているのなら、会場を設営するスタッフにはアルファもいるよ。大会の主役の選手たちには、当然ベータやオメガが多い。きみの言いたいことはわかるが、それで大会スポンサーを降りるなどとは……」

「降りるかどうかも保留すると申し上げております。これから熟考ののちに判断することになるでしょう。ひとまず、本日はここで失礼します」

「待ちたまえ、賢人くん……！」

引き留める進藤に背を向けて、賢人がさっと出口へと歩き出す。

思いのほか大ごとになりそうだ。良英もついていくと、賢人がこちらを見ぬままに告げた。

「スポンサーを降りる条件やデメリットについて、明日にでも顧問弁護士を交えて法務部と検討を始めたい」

「双方に連絡しておきます」

とは言ったものの、この件はさすがに賢人の独断というわけにはいかないのではないか。場合によっては緊急役員会を召集することになるかもしれない。

想定できる限り、あらゆる事態に備えなくては。

良英はそう思いながら、賢人についていった。

「菱沼CEO、東京アスレチックミートのスポンサーを降りる意向というのは、本当ですかっ？」

「大会運営委員会内部で、オメガを差別する発言があったという噂を聞きました！　真偽についてご存じですか！」

「バース性平等の推進について、CEOのお考えをお聞かせください！」

賢人がパーティーの席を辞して、三時間ほどあとのこと。

都心にある有名ホテルの宴会場前のロビーで、賢人はカメラやマイクをかまえた報道陣に囲まれ、矢継ぎ早の質問攻勢を受けていた。先ほどのパーティーでの出来事を、どこからか聞きつけてやってきたのだろう。

賢人の母親、美都子が出演している音楽祭は、このホテルに隣接するクラシックコンサートホールで開催されており、ちょうど今さっきリサイタルが終わったところだ。ホテルの宴会場で開かれる懇親会へと移動しようとしたところで、マスコミ関係者に取り囲まれてしまったのだ。

今まであまりこういうことはなかったのだが、プライベートな外出の折などに、突撃取材を試みたりする自称ジャーナリストのような輩と遭遇することはなくもない。

その場合、良英が前に出て質問をシャットアウトすることもあるので、今回もそうしようとしたが、賢人はそれを制止して自ら前に出て、質問に答えた。

「スポンサー契約については、顧問弁護士とも相談の上で、正式な意思表示をする予定です。噂の類いについては、特にコメントする気はありません」

賢人がよどみなく言って、真摯な口調で続ける。

「バース性平等の推進については、現代社会における喫緊の課題であると考えています。そしてそれは、より現実的に、実質的に行われなくてはなりません。見せかけだけの平等、スローガンだけの公平さでは意味がありませんから」

そう言って言葉を切り、語気を強めて言う。

「我が社としても、長年そのための取り組みを行ってきましたが、世界水準から見ればまったく話にならないレベルです。バース性による差別、区別を徹底して取り除いていくことは、今や何よりも優先すべき社是であると考えます。よって今後は、それにのっとった業務や人事制度の改革を強く推し進めていくつもりでおります」

賢人の力強い宣言に、報道陣からおお、と小さく声が出た。

社内の制度改革についてここまで踏み込んだことを言うとは思わなかったので、良英も思わず瞠目してしまう。

賢人が穏やかに告げる。

「今夜はここまでで失礼します。今後の取材は広報部を通していただけるとありがたい。それでは」

スマートに取材を切り上げて、賢人が宴会場の入り口に向かって歩いていく。

良英はまだ聞き足りない様子のマスコミ関係者と賢人との間に入り、さらなる質問を牽制した。そのまま、ドアを通り抜けた賢人についていくと。

「……あらあら。私なんかよりずっと人気者じゃないの、賢人ったら！」

「久しぶり、母さん」

ホテルの接客係に中に案内され、ドアが閉じたところで、良英の目の前で艶やかなドレス姿の美都子が賢人に歩み寄り、欧米式に抱き寄せた。

それからこちらに近づき、良英を同じように抱擁して、美都子が言う。

「良英も久しぶりね！　直接会うのは何年ぶりかしら？」

「以前お会いしたのは、まだ入社間もない頃でしたから……、四年ぶりかと」

「もうそんなに経つ？　すっかり立派になったわねえ！」

感慨深げに良英を見て、美都子が言う。

菱沼邸を出てからも、良英が独立したあとも、美都子はまめに連絡をくれていたし、最近もメッセージのやりとりがあったので、それほど久しぶりという感じはしない。

温かく親しみのある美都子の口調は、良英を施設から引き取って菱沼家に迎え入れてくれた頃と変わらず、いつ会ってもとても素敵で、魅力的な人だと思う。

両親との関係にあまりいい思い出がない良英にとって、母性なるもののイメージは美都子そのものだと言ってもいいくらいだから、立派になったと言われると気恥ずかしさと誇らしさを同時に感じる。

しかし、当然ながら美都子との間柄は、良英にとっては賢人と同じく主従の関係だ。

恭しく頭を下げて、良英は言った。

「私など、まだまだ若輩者です。いただいたご恩をお返しできるよう、精いっぱい励んでいるところです」

「まあ……。ふふ、すっかりバトラーが板についてきた感じねえ」

微笑ましいものでも見たかのように、美都子が言う。

「でも私、正直言ってバトラー制度なんて古くさいと思っているわ。あなたも遠慮しないで、もっと自由に生きていいのよ？」

「そうおっしゃっていただけるのは、とてもありがたいことでございます。ですが私は、生涯賢人様にお仕えすると心に決めておりますので」

至って素直な気持ちで答えると、美都子がおお、と天を仰いだ。

「生涯ですってっ？　なんて強い呪縛なのかしら。ねえ賢人！　あなたが彼を縛っているの？　それともお父さん？」

呪縛だなんて、ずいぶん強い言葉を使うなと思ったが、美都子は今にも笑い出しそうな顔をしている。

いくらか古めかしい決意表明の言葉が、いつでも自由人そのもののような美都子のツボに入ったのかもしれない。

賢人もそれを察してか、あまり真剣に受け取ることなく朗らかに答える。

「さあ、どうだろう。どっちかって言ったら、縛っているのは俺のほうかな。何せ俺は、良英と結婚したいと思ってるくらいだし」

「賢人様！　大奥様の前でまで、そのような……！」

「おっと、そうだった。名前で呼ぶのも気をつけないとな」

「あら、どういうこと？」

「俺は良英を、佐々木と名字で呼ばないといけないんだ。けじめのある関係でいたいからって言われていて。俺としては昔みたいに……、いや、昔以上に、気の置けない関係でいたいんだが」

賢人が嘆くように言って、それから意味ありげな笑みをこちらに向けて続ける。

「……だがまあ、ある面ではそうできていると言えるかな？　俺しか知らないおまえの顔を、俺は何度も見ているしな」

「っ……」

際どい言葉にひやひやする。

それが性的関係のほのめかしであることに、美都子はさすがに気づいていない様子だが、何か少し怪訝そうな顔をしている。

でも、美都子は人をよく見ているタイプだし、母親には「母親の勘」というものがあると聞いたこともある。

それに――――。

(私の気持ちに気づかれてしまったら、大変なことになる)

口に出さなければ存在しない想いとはいえ、うっかりにじみ出てしまう場合もないとは言えない。そしてそうなれば、賢人のバトラーとして傍にいることなどできなくなる。

間違っても賢人の主人としての評判に傷をつけたくはないし、ここはバトラーらしく賢人をいさめなくては。

良英はコホンと咳払いをし、眼鏡のブリッジをきゅっと指で押し上げて言った
「よろしいですか、賢人様。何度も申し上げておりますが、賢人様は明日の菱沼家、そして菱沼グループを背負って立つ方なのですよ？」

「ああ。それは一応、よくわかっているつもりだが」

「賢人様のご結婚は、賢人様だけの問題ではないのです。私などを相手にたわむれをおっしゃっている場合ではありません」

「ふふ、それもまあ、そうだな」

同意しつつも、賢人の表情に内省の色はない。

そろそろ結婚しろなどと、先ほどの進藤たちのように不躾に迫る気は毛頭ないが、ここはやはり、もう少しはっきりと告げるべきだろうか。

「賢人様が今、何よりもお仕事を優先され、会社を大きく改革しようとなさっているのはわかります。ご結婚にも賢人様にとってよいタイミングというものがありましょう。しかし、だからといって、万に一つもその可能性がない私などを相手に、何度も結婚したいなどと冗談をおっしゃるのは、いかがなものでしょうか？」

つとめて真面目にそう言うと、賢人がおどけるように目を見開いた。

「万に一つか！　天地がひっくり返るよりは確率が上がったな！」

「賢人様！」

「はは、わかってるって。おまえの言うことは正しい。いつもありがたく思っているよ。俺はいいバトラーを得たとな」

賢人が言って、からからと笑う。

まったくもって上機嫌だが、本当にわかっているのかと少々呆れていると、一連のやりとりを見ていた美都子が、不意に言った。

「ねえ、賢人。もう少ししたら、懇親会が始まるのだけど」

「ああ、ふざけていてすみません。俺たちのことは気にせず……」

「いえ、そうじゃなくて。始まるまでの余興代わりに、よかったら一緒に、何か演奏しない？」

「俺が？　でも、ピアノは最近はあまり……」

「弾いてない？　じゃあ、歌うのでもいいわ」

美都子の提案に、内心とても驚かされる。

良英が記憶している限り、賢人がピアノを弾いていたのは小学生の間だけだ。人前で何か歌っている姿も見たことがない。

もしやニューヨークにいた頃は、そうではなかったのか――――？

「……そうだな、歌ならいいかな。俺も、ちょっと歌いたい歌がある」

「っ？」

「ああ、佐々木には聞かせたことがなかったな。実は向こうの大学にいた頃、友人たちとミュージカルをやっていたんだ。ピアノも少しだけな」

「存じ上げませんでした……」

「賢人の歌はちょっとしたものなのよ。ラブソングなんかは特にね」

美都子が言って、にこりと微笑む。

「きっとみんなを虜にしちゃうわ。いつも以上にね」

ここでそんなことになったりして、いろいろな意味で大丈夫なのかと心配になるが、美都子は賢人を、宴会場の奥に置かれたグランドピアノのほうへといざなう。

賢人に手招きをされたので良英もついていき、ほかのゲストたちの背後から見ていると、美都子がピアノの椅子に腰かけ、賢人と何か軽く打ち合わせた。

ややあって美都子が、聞き覚えのあるミュージカル映画のメインテーマのイントロを弾き始めると、音楽祭に出演していた音楽家やゲストたちが、グランドピアノを囲むように集まってきた。

ピアノの傍に立った賢人がちらりと美都子と目を合わせ、おもむろに歌い始める。

「……!」

豊かな声量と甘い声音に、ドキリと胸が高鳴る。

何年か前に流行ったロマンチックな映画で、主人公の男が報われぬ恋を嘆く切ない恋の歌だ。流麗な英語の響きと、精悍な顔に浮かぶ切々とした表情とに、例によってその場にいるオメガ、そしてベータまでもが彼にうっとりと魅了されていくのがわかる。

もちろん良英も、例外ではなく……。

(……すごい……)

鼓膜を揺らす甘露な声が、体を震わせ心を揺さぶる。

彼と触れ合っているからこそそう感じるのだが、まるで賢人に、声で愛撫されているみたいだ。音に包み込まれて、身動きもできないほどに心をつかまれる。

周りを見回すと、多くの人が彼に目が釘付けになって立ち尽くしている。

やはり賢人は、生まれながらに人を惹きつけ、導くアルファ、その中でもさらに特別な、アルファの中のアルファなのだと実感させられる。

自分とのたわむれは、そろそろ終わりにしたほうがいい。

こうした場に居合わせると、それが世のため人のためだと心から思う。

誰よりも賢人にとって、そのほうがいいに決まっている。

子供のオメガとの婚約などというのはちょっとどうかと思うが、もっと彼にふさわしい、素晴らしい相手と結ばれるべきなのではと――。

「……っ……」

恋する人に愛を告げる歌詞を歌いながら、賢人が不意に良英に真っ直ぐに視線を向けてきたから、射貫かれたように固まってしまう。

『愛してる』

『キスがしたい』

『おまえが欲しい』

――艶やかに歌い上げられるその言葉が、自分だけに向けられたものであったら。

恋人同士のように抱き合い、愛の言葉をささやかれたときですら、そんなことは思いもしなかったのに、耳から流れ込む情熱的な恋の歌が、良英の胸の内を暴き出す。

真っ直ぐな熱い目を向けるこのアルファ男性に、自分は恋をしている。

恋人同士のように、ではなく、本物の恋人同士として触れ合い、キスを交わして抱き合いたい。無上の快楽にどこまでも溺れ、身も心も溶かされてしまいたい。

たとえ彼が、ほかの誰かと番になり、結婚する運命なのだとしても。

なんと浅ましい、分不相応な欲望を、自分は抱いているのか。

「素敵……！」

「本当に！　うっとりしちゃう」

さざめくような称賛が、良英の耳に届く。

自分もそんなふうにただ無邪気に、賢人にときめいていたかった。

決して伝えることのない、それでも確かに存在する賢人への恋情を胸の奥底に沈めて、良英は賢人を見つめ返していた。


賢人と美都子が場を温めてくれたおかげで、音楽祭の懇親会はつつがなく終わった。

そのまま良英が車で賢人を家まで送り届ける予定だったのだが、ホテルを出る直前に賢人に友人から飲もうと誘いがあり、待ち合わせ場所に白金台にあるバーを指定されたので、そこまで送ることになった。

帰りはタクシーを使うと言ってくれたので、良英はそこで今日の仕事を終え、帰宅

する予定だ。

「……あんなふうにお歌いになるなんて、少しも知りませんでした」

信号待ちで沈黙が落ちたところで、良英は言った。

自分の感情と向き合わされたことは置いておいても、賢人の歌唱力はプロ顔負けで、純粋に心を動かされた。彼がミュージカルをやっていたことすら知らなかったのは、バトラーとして不覚の至りだとも感じる。

バックミラー越しに後部座席を見ると、賢人が鏡の中で目線を合わせて、少し照れたように笑みを浮かべた。

「別に、隠していたわけじゃないんだ。とっておきの場面で聴かせたい相手にだけ、披露しようと思っていた。それこそ、好きな相手を本気で口説き落とそうと思ったときとかにな」

賢人が言って、探るように訊いてくる。

「どうだったかな？　練習も何もせずにいきなり本番というのは、さすがに初めてだったんだが」

「とても素敵でしたよ。私の周りにいたゲストたちも、絶賛していましたし」

「本当に？」

「ええ。私も、あんなふうに口説かれたら誰でも恋に落ちるだろうと思いましたよ」

「ふふ、そうか。それは嬉しいな」

鏡の中で真っ直ぐこちらを見つめたまま、賢人が笑う。

「何せ俺は、おまえに聴かせたかったんだから」

「は……？」

「せっかくだから、おまえを本気で口説こうと思った。届いたなら嬉しいよ」

一瞬、賢人が何を言っているのかまったく理解ができなかった。

だが徐々にその意味が浸透してきて、頭の中が真っ白になっていく。

本気で口説こうと思った？　自分を……？

「……佐々木。信号が青だぞ」

「っ！」

慌てて前を向き、車を走らせる。

目的地は近づいているが、どんな顔をして彼を振り返ればいいのかわからない。

聞かなかったことにしてスルーするには意味の重すぎる言葉だったし、さりとて待ち合わせ場所の前で車を止め、それはいったいどういう意味なのかと問いかけるわけにもいかない。

どうしようかと迷った末に、良英はバーのある通りよりも一つ手前の路地で曲がり、そのまま意味もなく右折や左折を繰り返し、車を止めずに走らせた。

様子がおかしいことに気づいたのか、しばらくして賢人が言った。

「佐々木、店はこの通りではない気がする。もしや道を間違ったんじゃないか？」

「……間違っていると思います。そう、間違っているんですよ！」

すっかり動揺しながらもそう言うと、賢人にどう答えるべきかうっすら見えてきた。

良英は大きな邸宅の長い塀が続く一方通行の道に入り、ハザードランプをつけて車を止めた。

ハンドルを握り締めて前を向いたまま、良英は言った。

「賢人様。さすがにもう、笑えない冗談だと思いますが」

「何がだ？」

「賢人様がおっしゃったこと、すべてです。本気で口説くだなんて、そんなっ……」

「冗談じゃない。俺の本気を見損なうなよ」

「私はベータです！　私などに本気を出されては困りますっ！」

狼狽しきっているせいか、自分の声が震えているのがわかったが、それ以上何か言う気力もない。黙ってうつむいていると、賢人が申し訳なさそうな声で言った。

「……思いのほか困惑させてしまったな。悪かった。こんなところで、急に」

賢人の口調は誠実で、心からの謝罪の気持ちが伝わってくる。

でもだからこそ、彼の言葉が真っ直ぐに届く。

彼の想いは、冗談などではないのだと。

「店まで歩くから、今夜はここまででいい。どうかくれぐれも、気をつけて帰ってくれ」

賢人が言って、後部座席のドアを開ける。

店までだいぶ離れてしまったのに、本当に歩いて向かう気なのか。

彼がそのつもりだとわかっても、顔を上げることもできずにいると、賢人はそのまま車を降り、後方に向かって歩き始めた。

恐る恐るミラーをのぞくと、去っていく長身の後ろ姿が見えた。

いつも後ろから見てきた、賢人の大きな背中。

多くのものを背負って力強くそびえ立つ、賢人の孤高の背中に、厚かましくも手を伸ばそうなどと、以前は思いつきもしなかった。

なのに彼と肌を重ねているうち、いつの間にかそうしたくてたまらなくなっていた。

分不相応で不埒な恋心を、この胸に抱いてしまったのだ。

でも、それはこちらだけではなかったのか。彼のほうも良英に、とっておきの歌を披露して口説きたくなるような気持ちを抱いていたのか。

「……駄目だ、そんなこと！」

ミラーから目を背け、そのままハンドルに額を押しつけて、小さく独りごちる。

恋愛に慣れていない自分はともかく、賢人は経験豊富なはずだし、それ以前に聡明で賢いアルファだ。

菱沼家の嫡男であり、菱沼グループのＣＥＯとして、己の生まれゆえの立場や、アルファとしてなすべきことをきちんと受け止め、社会的責務を第一に考えて生きてきたはずだ。

そんなまともで立派な人が、自分に恋などしていいはずがない。

まかり間違って恋したとしても、それはいわゆる若気の至り、幻想の類いであろうし、自分には彼が本気になるほどの価値などない。

結局は一時の気の迷い。体の相性がよかったことによる、勘違い。

お互いにきちんとそう思い合えれば、きっとまた元の主従の関係に戻れるはずだ。

いや、戻らなければならないのだ。

でなければ恐ろしい。うかうかと恋などして、その先があるかもしれないなどと希望を抱いてしまえば、自分の中の何かが、壊れてしまいそうで……。

「っ！」

不意にコンコンと運転席の窓ガラスを叩く音が聞こえたから、はっと顔を上げる。

窓の外を見ると、ドアのすぐ脇に賢人が立ってこちらをのぞき込んでいた。

ひどく真剣な顔つきだ。何か問題でも起きたのだろうか。

秘書としての普段の感覚でそう思い、運転席の窓ガラスを下げると。

「……っ……！」

賢人が車の中に頭を入れ、口唇を合わせて口づけてきたから、思わず目を見開いた。

慌てて逃れようとしたが、手をあごに添えて持ち上げられ、ヘッドレストに後頭部を押しつけられる。

口唇の合わせ目を押し開くように、賢人の熱い舌が口腔に滑り込んでくる。

「……ん、ぅ……っ」

とても熱い舌。

戸惑う舌をからめとられ、口唇でちゅるりと吸い立てられて、目がくらみそうになる。

誰が見ているかもわからない、こんなところでキスをされるなんて、完全に不意打くなっていくかのように深く激しく、全身をかき抱かれて荒々しくまさぐられているかのようだ。今すぐやめさせなければと思うのに、体が骨抜きにされたみたいになって、意識が蕩けてしまいそうになる。

まるで激情をぶつけられているかのような、鮮烈な口づけ。

こんなキスをされたのは初めてだ。

拒むことも応じることもできずにいると、やがて賢人がかすかに息を乱しながら口唇を離した。良英の濡れた口唇を指でそっと拭って、賢人が言う。

「……すまない。最初は上手くやれるつもりだったんだよ、俺も」

「な……？」

「だが、俺はもう引くことはできない。昼間のスポンサーの件も、会社で俺が今している改革も、何もかも全部、ただ一つの夢のためにしていることだと気づいてしまったからだ」

「……ゆ、め……？」

突然何を言い出すのだろうと、驚いて問い返すと、賢人が黒く美しい瞳で良英の目の底をのぞき込んできた。

「おまえとともにある未来を手に入れる。それが、俺の唯一の夢だ。ほかには何もい

らない。菱沼の名もCEOの座も、いつでも他人の目を集めてしまう特別なアルファであることも、俺が自ら欲して手に入れたものじゃないからだ」

賢人が言って、語気を強めて告げる。

「もう一度言う。俺は本気だ。だからもう、冗談だなんて言わないでくれ」

「……ぁ、っ……」

ふわりと森を思わせる香りを漂わせて、賢人が身を離す。

そのまま、振り向きもせずに去っていったから、良英は身動き一つできず、ただ呆然としていた。

やがて力が抜けてきたから、へなへなとハンドルに寄りかかる。

とてもではないが、理解が追いつかない。今のはいったい……。

(……夢、とおっしゃった……?)

彼の言葉を反芻して、その意味を考えようとしたが、ドクドクと脈打つ心臓の音で集中が妨げられる。

ひどく心を乱されたせい。

それはもちろんある。

でもそれだけではない。彼にキスをされたせいで身も心も沸き立っているようだと気づいて、愕然とする。

賢人のキスは、すでに良英の欲情のスイッチだ。情事のときにはキスだけで、彼を受け入れる部分だけでなく体中が彼を渇望する。

だがもうそれだけでなく、彼のキスは良英の心までも甘くしびれさせる。

自分はもう心も体も賢人に惹かれてしまっているのだ。

だが、賢人がそうであってはならない。

彼はアルファの中のアルファ、人の上に立ち、導いていく人だ。間違っても一時の感情になど惑わされるべきではない。ベータのバトラー相手に本気になるなんて論外だし、その先に未来などないはずだ。

秘書として、バトラーとして、確かにそう思うのに……。

「なんだ、これは」

どうしたわけか眼鏡が曇り、前がよく見えない。

慌てて外してみたが、レンズには変化がない。

けれど頬には何か温かい感触がある。触れてみたら指先が濡れ、つっと手のひらに流れた。これは、涙……?

(……嬉しいと……、感じているのか、私は……?)

尊敬する賢人が、良英との未来を夢だと言い、本気だと言ってくれた。

そのことを、自分は心から喜んでいる。知らず嬉し涙など流してしまうほどに。

「なんてことだ……」

自分がこんなにも感情的な人間だとは思ってもみなかったが、恋は思案の外というのは本当らしい。

恋も愛も知らなかった自分がいつの間にかこんなにも彼を想っていて、賢人もまた、本気で自分を想ってくれている。

まさか、こんなことになるなんて――。

あまりのことに、良英はそのまましばし、車を動かせずにいた。


「……ひどい顔だ」

翌朝、家の洗面台の鏡で自分の顔を見て、良英は思わず眉を顰めた。

睡眠不足のやつれた顔。

なのに目元だけは赤みがかって、瞳もどこか濡れている。

恋に悩むと人はこんな顔になるものなのか。自分の気持ちを隠そうとしたところで、これではあまりにもあけすけではないか。

（今日はとても、賢人様と顔を合わせられない）

昨日はあのあと、一人自宅に帰ってどうにか入浴をし、ベッドにもぐり込んだのだが、そのまま何時間も眠れなかった。ほんの短い眠りのあとの目覚め際の夢も、何かに追い立てられるような悪夢で、体はぐったりと疲労している。

でもこれがただの疲れなら、間違いなく仕事に向かうだろう。

例のスポンサーを降りるかもしれない件も、役員たちの間でも当然問題になっているはずだから、今日は這ってでも出社して賢人を支えなければと、秘書としては思う。だが、どう考えても今日は無理だ。賢人と向き合っただけで、情緒が乱れて役立たずになってしまいそうな不安がある。そんな秘書ならいないほうがましだ。

いい年をして初めての恋に翻弄され、こんなにも心乱されてしまう自分を心底ふがいなく感じながら、良英はよろよろとベッドに戻った。

そうして枕元に置いたままだった携帯電話を取り上げて、今日は体調が悪いので休みたいと賢人にメッセージを送る。

仮病を使うなんて初めてだ。本当は朝、良英が起こさなくても、賢人は出社に間に合う時間には自然に目覚めるのだが、念のため通いのメイドにも連絡を入れておこうか。

そう思いながらも、ベッドに体を投げ出してぼんやりしていると。

「……！」

携帯電話がブルッと震えたので、思わずびくりと跳ね起きる。

賢人からの着信だ。彼ももう起きているのだとわかり、動揺しながら電話に出る。

賢人の低い声が、鼓膜を揺らす。

『おはよう、佐々木。体調が悪いなんて、珍しいな？』

「……申し訳ありません」

何も言い訳を思いつかなかったので、ただ謝る。

もしかすると仮病だと察しているのかもしれないが、賢人はそんな様子は感じさせず、逆にすまなそうに言った。

『俺が少し急ぎすぎて、悩ませたせいもあるだろう。おまえがそうしたければ、何日か休んでくれていい』

「ですが……」

『昨日の件は俺が処理しておく。バトラーと秘書を兼務して、あまり休みもなかったんだ。この機会にゆっくりしてほしい』

「賢人様……」

一瞬暇を出されたのかと焦ったが、そうするつもりだったら、賢人ならもっと違う言い方をするだろう。

電話越しの彼の声音からは、ただ気づかいだけが伝わってくる。

そしてそれがまた、彼の気持ちの確かさを物語っているように感じられて……。

『仕事のことは何も心配いらない。とにかく、休め』

じゃあな、と短く付け加えて、賢人が通話を切る。

良英は携帯電話を置き、またベッドに横になった。

ひとまず今日一日現実逃避ができればいいくらいに考えていたが、思いがけず、賢人公認の休みをもらってしまった。

でも休ませてもらったところで、良英の懊悩が消えるわけではない。

何しろこれは恋の悩みだ。良英にとっては、今までほとんど経験したことがない、重度の心理的トラブルだと言ってもいい。こういう状態になったら、いったいどうしたらいいのだろう。

（いや、どうしたらも何も……）

互いに想い合っていることがわかったからといって、立場の違いはどうにもならない。

自分が賢人と結ばれることなどあり得ないし、そんなことを望んでもいなかった。

自分はただバトラーとして彼を支え、生涯を捧げられたらそれでいいと思ってきたのだ。

賢人にしても、恋愛にかまけてすべてを捨てて良英を選んだりするわけがないし、彼がその道を選ぶとしたら、それはもう社会的な損失だとすら言えるだろう。

だが一方で、もしかしたら彼なら、とも思う。

彼ならば、何を捨てることもなく、心の自由を失うこともなく、すべてを思いどおりにできるのではないか。

そう感じさせてくれる人だからこそ、こちらも自分の生涯を捧げたいと思えたのだし、好きにもなったのではないか。

彼を信じていれば、もしかしたら……。

（……眠く、なってきた）

何日も休む気はないが、とにかく今日はゆっくり休もう。

良英は考えるのをやめて、瞼を閉じた。

そのまま、良英は眠りに落ちていたようだ。

携帯電話のアラーム音に気づいて目を覚ますと、部屋のカーテンの向こうから西日が当たっている気配があった。

壁にかかっている時計を見ると、午後の三時だった。

「……っ、電話か、これは……？」

よく考えてみたらアラームなどセットした覚えはなかった。

ということは、これは電話の着信音だ。慌てて起き上がってしわくちゃのシーツを探り、枕との間に挟まって鳴っている携帯電話を見つけて拾い上げる。

――菱沼卓人。

表示された人名にぎょっとして、慌てて通話ボタンを押す。

「はい、良英です！」

『……ああ、私だ。今、いいかね？』

卓人の声に、思わずシーツの上に正座した。

卓人とは先日甘味処で偶然会ったときに、何かあったら直接連絡をと言われて番号を交換している。

とはいってもこちらからかけることはないだろうと思っていたが、卓人がかけてきたということは……。

「もちろん大丈夫です。もしや、東京アスレチックミートのスポンサーの件でしょうか？　箱根のほうにも報道陣がっ？」

『昨日進藤議員から連絡をもらって、マスコミが来たらうるさそうだから夜のうちに近くのホテルに移動した。おまえは今日、休んでいるそうだな？』

「はい、少々体調が悪くて」

『そうか。どういうことなのか賢人に訊ねても、検討中だと言うだけでまともな返事もない。おまえはあの場にいたんだろう？　なぜあんなことになった？　賢人が何を考えているのか、わかるかね？』

困惑した声で、卓人が訊いてくる。

――良英との未来を、手に入れるため。

賢人はそう言ったけれど、まさかそれをそのまま打ち明けるわけにもいかない。

そもそも賢人が何をしたところで社会が一気に変革されるわけでもないし、彼の夢を実現するためだと告げたところで誰も信じてくれはしないだろう。

それくらいあり得なくて、ある意味どこまでも馬鹿げた話なのだ。

でも卓人が心配して連絡してきたからには、自分にも事態を収拾する義務がある気がする。いったいどうすれば。

「私にも、よくわかりませんが……、賢人様には、何か理想がおありなのではと」

『理想だとっ？』

いきなり卓人が頓狂な声を出す。

『……なんと、そうか。やはり、そうなのかっ……！』

電話の向こうで卓人が嘆くような声で言う。何が「やはり」なのか見当もつかないが、思い当たることでもあるのだろうか。

『良英、すまないが今から私のところまで来てくれないか』

「大旦那様のところへ、ですか？」

『直接会って話したい。賢人には気取られぬよう、注意して来るんだ。いいなっ？』

有無を言わせずそう言って、卓人が通話を切る。

卓人の様子を、良英は訝しく思っていた。

その後、卓人からメールで元箱根のとある老舗ホテルを指示されたので、良英は慌てて支度をして車で向かった。

到着する頃にはすっかり日が落ちていた。

卓人が滞在しているスイートルームの呼び鈴を押すと、中から返事があったので、良英は小声で名乗った。

「……佐々木です」

ややあってドアが細く開き、卓人のバトラーの野口が顔を出す。

「佐々木くん、一人ですね？」

「もちろんです」

警戒した様子に、こちらも緊張しながらうなずくと、野口が良英を部屋に招き入れた。

サロン風の部屋の、縦長の応接テーブルについている先客の顔ぶれを見て、良英はかすかな不安を覚えた。

菱沼ホールディングスの重役が二人に、グループカンパニーの社長が二人。

皆、卓人がＣＥＯに就任した頃からの会社の古株で、どちらかというと今の賢人のやり方に懐疑的な立場だ。

（……賢人様に気づかれないように、とおっしゃったのは、このせいか）

菱沼グループのＣＥＯを引退したあと、卓人は以前からこの地に所有していた別荘に隠居し、バトラーの野口とメイドを住まわせて、悠々自適の生活を送っている。

先日銀座で会った日のように、時折東京に出てくることはあるが、基本的には別荘暮らしだ。

だがグループの幹部の中には、「先代詣で」と称してひっそり卓人に会いに行く者もいるようだと、そんな話を聞いてはいた。もしかしたら、彼らは賢人についてあまりよくないことを吹き込んだりしているのではないか。

奥の席に座る卓人が、やや疲れた声で声をかけてくる。

「よく来てくれたな、良英。メイドに訊いたら、別荘には早速マスコミが来ているらしい。こっちは引退した身だというのに」

ぼやく卓人に、社長や重役たちが口々に言う。

「そのようにおっしゃいますな、卓人様！　まだまだお若いのですから、ぜひ復帰を考えていただきたいところです」

「我々も全力でお支えいたしますぞ！」

「いやぁ、しかしなぁ。そうはいっても、美都子が納得せんだろうしなぁ」

「大奥様も、さすがに反対はなさらないでしょう。賢人ＣＥＯが、もしも本当に人権活動家などと交流しているのであれば！」

「……人権活動家？」

思わぬ話に驚いて声を上げる。

卓人が肩をすくめて言う。

「なんでも、そんな噂があるそうだ。バース性平等を掲げる人権活動家の中でも過激な部類に入る連中に、賢人が何か入れ知恵をされているのではないかとな。それくらい、今の奴の考えは先鋭的だと。急進的な改革に走るのもそのせいかもしれないとな」

寝耳に水の話に、言葉が出ない。

破壊活動をしたり、暴力的な手段でバース性平等を訴える過激な人権活動家というのが存在するのは確かだし、社会的にも問題視されているが、賢人の経営思想がその影響を受けているなどと考えるのは、さすがに無理があるだろう。

それに、賢人が進めている程度の社内改革は別に急進的でもなんでもなく、海外ではごくスタンダードなものだ。むしろ日本の会社が遅れていると言ってもいいくらいなのに……。

(賢人様が、何かおっしゃったのか？)

今日会社で何かがあったのだとしたら、自分はそれを知らない。慎重に言葉を選びながら、良英は発言した。

「賢人様と人権活動家というのは、正直、あまり接点が感じられません。もちろん、私の知る限りにおいてですが。もしや今日、何かあったのですか？」

「急遽召集された緊急役員会の席で、ＣＥＯが、アルファを少しでも優遇する仕組みはすべて撤廃するとおっしゃったのだよ」

「違反があればペナルティーを課すのも辞さないとな」

重役たちが嘆くように言う。

「こういう言い方をするのは少々はばかられるが、現状、日本社会はいまだアルファ中心にできている。その現実を顧みず、実力以上にベータやオメガを優遇し、アルファを処罰するというのは、なんというか……」

「逆にアルファへの差別ではないか？」

「そうだ、それこそ行き過ぎた、悪しき平等と呼ぶべきものだ。そうではありませんか、卓人様？」

社長たちも賛同し、卓人に対応を迫る。

今ここにベータの野口や良英がいることなど眼中にない物言いはいつものことだし、

その認識ではこの会社は永遠に変われないだろうと、呆れるところではあるが……。

(賢人様が本当に改革を急いでいるのだとしたら、それはある意味、私のせいでもある)

賢人自身が良英との未来のためだと言っていたのだから、自分との関係は、人権活動家などよりもずっと、賢人の言動に影響を与えてしまっているといえる。

とはいえ、賢人のやり方が間違っているとは思えない。卓人を慕う幹部たちも、おそらくは賢人の若さや、海外流の考え方に慣れていないだけではないか。

まだCEOに就任して間がないし、もう少し時間が経てば、それがわかるはずだと思うのだが。

「……ふむ。やはり、少し早すぎたのかな?」

腕組みをして話を聞いていた卓人が、ぼそりと言う。

「あれにグループのトップを任せたのは、美都子の意向もあるが、それがグループの今後を左右するのであれば……、いろいろと、考え直さねばならんかもしれんな」

(考え直す……?)

卓人の言葉にひやりとする。

それはもしや、賢人を更迭するという意味だろうか。

自分への想いのために、賢人がCEOの座を追われることになるなんて、それこそあり得ない事態だ。賢人に道を誤らせてはいけないし、なんとか正道に戻ってもらわなければと、焦ってしまう。

アルファにとって厳しい施策もとるが、それでも菱沼グループのCEOとして、賢人こそがふさわしい。それを皆に認めさせるためには、どうすればいいのだろう。

(あの方は、アルファの中のアルファなのだ)

元々、賢人と自分とは住む世界が違うのだ。ベータの自分との未来などでなく、アルファとしてまっとうな道を、彼には選んでもらいたい。

それこそが賢人の進むべき道であるはずで、彼自身にも周りにもそれを知らしめるには、ほかの誰よりもアルファらしくなってもらうしかないのではないか。

そのためには――――。

「あの……、賢人様の秘書として、バトラーとして、思うところを申し上げてもよろしいでしょうか?」

控えめな口調で訊ねると、卓人が軽くうなずいたので、良英は続けた。

「賢人様は、活動家と交流などはされていないと思います。ですが、菱沼グループのトップとして、日々強い重圧を感じていらっしゃるようにお見受けします」

「重圧か。それはまあ、私にもあったが……」

「CEOとしての責務に対してだけではありません。菱沼家のご当主としても、プレッシャーを感じているのではないかと思われます。一人のアルファ男性として」

良英は言葉を切って、卓人を見つめて言った。

「私もバトラーとしてできる限りお支えしているつもりです。ですが、私にはどうしてもできぬことがございます。今の賢人様に必要なのは、アルファとして、心身の安定を図ることではないかと。つまり……」

良英が言葉を濁すと、卓人が少し考える様子を見せ、ああ、とうなずいた。

「……つまり、あれに伴侶を……、番を娶らせよと。そういうことか？」

「はい。はばかりながら、そのように愚考いたします」

良英の提案に、卓人はもちろん会社の幹部たちも、一様に納得したような顔をする。

卓人から賢人の縁談を進めている話を聞いていたからこその提案だったのだが、皆内心同じようなことを考えていたようで、社長の一人がぼそりと言う。

「……卓人様、実は私も、それがいいのではと」

「そうですな。ご年齢的にも、ちょうどいい頃合いでしょうな」

「しかるべき伴侶をお迎えになれば、はやるお気持ちも穏やかになるのではないでしようか？」

ほかの幹部たちも賛同の言葉を発し、卓人がまた考え込む。

どうやら良英の考えは正しかったようだ。

一般的に、アルファは伴侶を得ると心身ともに安定し、良くも悪くも考え方が落ち着いてくるといわれている。

また、周りからも伴侶を得てこそ一人前だと思われており、その相手がオメガならば、子供を持って一家を構える意思のあるアルファだと見なされ、独り身の場合よりも評価が上がる。

さらにオメガが良家の出である場合、家同士の結びつきによって婚姻自体が絶大な権力を持つこともあり、そうなればアルファはもちろん、オメガや相手方の家の立場も安泰となる。だからこそ、アルファには多くの縁談が持ち込まれるのだ。

だが、おそらく賢人はそのような結婚を望んでいない。

以前はそんな未来を受け入れていたのかもしれないが、今はもう違う。だから良英が政略結婚を提案したと知ったら、きっと彼は哀しむだろう。

でも互いの想いを断ち切り、二人の関係を終わらせて前に進んでもらうためには、もうそのくらいしなくては駄目だろう。ベータと結ばれる未来などあり得ないのだと、彼に気づいてもらわなくてはならないのだから。

「……なるほど。確かにもう、そうするほかなさそうだ。社内のことはともかく、例のスポンサーの件についてはな」

しばし黙って考えを巡らせてから、卓人が皆を見回しておもむろに言う。

「実はな、私は極秘裏に賢人の縁談を進めていたのだ。その相手は、進藤議員のオメガの息子なのだよ」

「……！」

「なんとっ」

「本当ですか、それは！」

思いがけない話に、幹部たちばかりでなく良英も驚かされた。

もしやそれは、まだ十四歳の子供のオメガだと言っていた、あの縁談か。

一瞬信じられなかったが、言われてみれば、昨日進藤は賢人に、家に年頃のオメガがいてどうのと言いかけていた。賢人はそれを知らずにああ言ったのか。

重役たちが口々に言う。

「それはもう、すぐにでも話を進めるべきではないですか、卓人様」

「しかし、スポンサーの件であれだけの大見えを切って、マスコミにも報道されてしまったあとでは……」

「いや、幸い進藤議員は寛大でな。結婚の話がまとまれば、昨日の件はどうとでもとりなすと言ってくれているんだ。政財界に深く通じているあの人のことだし、まだまだ青いところのある賢人にとっても、今後はよき導き手となることは間違いないだろう」

卓人が言って、大きくうなずく。

「こうなったら、是が非でも見合いの段取りをつけて、引きずってでも賢人を引き合わせるしかない。それが菱沼グループのためだ」

引きずってでも、だなんて、それではあまりに非道だし、賢人の意思よりも会社のほうが大事なのかと、内心抵抗を覚える。

賢人の想いを知りながら政略結婚の後押しをしておいて、今さら何をと自分に呆れるけれど。

(でもきっと、よきお相手と結婚されるのが、賢人様のためでもあるはずだ)

長い目で見たら、それは間違いのないことだ。自分などとの未来を思い描くより、そのほうがずっと現実的で、世の中のためにもなると思える。

「皆、事が上手く運ぶまで他言は無用だぞ? 良英、正式に日時が決まったらすぐに連絡するからな。それまでおかしな虫がつかないよう、賢人をよく監視していてくれ」

良英と賢人の関係など少しも知らない卓人が、当然のように命じる。

忠実なバトラーの顔をしたまま、良英は卓人にうなずいていた。


翌日、良英はいつものように早朝の菱沼邸を訪れた。

何事もなかったように賢人を起こして支度を手伝い、車で会社まで送って、そのまま秘書として彼の補佐をつとめた。

昨日の緊急役員会での賢人の発言があったためか、会議の場などではアルファの社員はどこか萎縮気味だったが、新たに出席を許されたベータやオメガの社員が活発に質問や意見を出すなど、早くも雰囲気が変わり始めているのが感じられる。

やはり賢人のやり方は間違っていない。秘書としてバトラーとして、この先もずっと賢人の傍で彼に仕えられたら、自分はそれだけで十分幸せだと思えた。

恋心など、長い人生におけるほんの一瞬のきらめきでいいではないかと、そう思えてくるほどに。

「……佐々木、少し休憩しないか」

日が傾いた夕方。いくつかの会合を終えてオフィスルームに戻ったところで、賢人に声をかけられた。

普段は三時頃にコーヒーを淹れて休憩するのだが、今日は時間が押してしまった。いつものように給湯室に行こうとすると、賢人がふと思いついたように言った。

「ああ、今日は緑茶がいいんだが、頼めるか？」

「……はい、承知しました」

給湯室にはコーヒーセットのほかに急須や湯飲み、茶葉もストックしているので、もちろんすぐに用意できる。

でも賢人が緑茶を希望するのは初めてだ。珍しいなと思いながらも茶を淹れ、部屋に運んでいくと。

「おや、こちらは……？」

応接テーブルに丸くて大きな豆大福が二つ並んでいたので、どうしたのかと顔を見ると、賢人が少し困ったように言った。

「昨日、おまえの代わりに秘書課から来てくれた臨時の秘書に、何か甘いものをと頼んだんだよ。そうしたら、贈答品だと勘違いをして八つ入りのを買ってきてくれたんだ。せっかくだから、一緒にどうかと」

「……そうだったのですね。では、いただきます」

良英は応接ソファに腰かけた賢人の前に茶を置き、向き合って椅子に座った。

添えられていた懐紙で豆大福を包んで口に運び、一口食べてみる。

餅は軟らかく、少し塩味のきいた甘すぎない餡もしっとりとしていて、とても美味しい。思わず顔をほころばせると、賢人が探るように訊いてきた。

「口に合ったかな？」

「美味しいです、とても」

「それはよかった」

賢人がどこかほっとしたように言って、良英が淹れた茶を飲む。

いつもと変わらぬ静かなブレイクタイム。

だが、今日に限ってはそれは見せかけだ。いつもと変わらぬふうを装っている、というのが正しい。

(何もおっしゃらないのだな、賢人様は)

一昨日の夜の、賢人の告白。

こちらはずっと冗談だと流してきたのに、彼は本気だったのだと、良英は初めて知らされた。

実のところ良英も彼を想っているのだから、気持ちは一つなのだが、そんなことは絶対に伝えるべきではないし、むしろ早く拒絶の意思を告げるべきなのではと、良英は感じている。

賢人としても、良英が彼の言葉をどう受け止めたのか、本当はとても知りたいのではないかと思うのだが、こちらからその話題に触れる勇気も機会もなかったから、朝からひたすら仕事の顔で賢人と接している。

賢人はそんな良英を受け入れ、節度ある態度を返してくれているのだ。

賢人のそういう誠実さを思うと、進藤の息子のオメガとの縁談を黙ったままでいることに、強い罪悪感を覚える。オメガが十四歳の子供だと知っているだけになおさらだ。

でも――――。

(この恋は、誰のためにもならない)

互いに想いを伝え合ったとしても、その先に未来などない。

賢人には賢人の果たすべき責務があるのだから、自分などでつまずいてほしくないのだ。

葛藤を抱えながらもそう思っていると、デスクの上に置かれていた賢人の携帯電話が小さく鳴った。

メッセージの通知音だ。賢人がそちらに行き、画面を確かめて言う。

「……親父からだ。週末に伊豆の料亭で食事を……？　珍しい誘いだな」

「伊豆、ですか？」

引退してから、賢人が卓人と食事をともにしたという話は聞かない。

日々賢人と接している良英だが、父子の間で普段どんなメッセージのやりとりをしているのかまでは知らないので、賢人が珍しいと言うのなら、そうなのだろうが……。

（……？）

怪訝に思っていたら、スーツの胸ポケットに入れている良英の携帯電話がブルッと震えた。何か嫌な予感がしたので、良英はとっさに言った。

「賢人様。お茶のお代わりは、いかがです？」

「ん？　ああ、じゃあいただこうか」

賢人がうなずいたので、良英は湯飲みを持ってまた給湯室に行った。

胸ポケットから携帯電話を出してみると、卓人から折り返し電話をよこすようメッセージが入っていた。

恐る恐る電話をかけると、すぐに卓人が出た。

『良英か？』

「はい」

『今賢人に、食事に誘うメッセージを送ったんだが』

「ご覧になっておいででした。伊豆の料亭の件ですね？」

『そうだ。そこの奥座敷で、進藤議員の息子さんと見合いをさせる。頃合いを見て二人きりにして、息子さんを薬品で発情させて番にする計画だ』

「……なんですって……？」

恐ろしい話に耳を疑う。

そんなこと、騙し討ちを通り越して犯罪だ。賢人に対しても相手のオメガに対しても、あまりにもひどすぎる仕打ちではないか。そこまでしてこの結婚を成立させたいなんて、もはや意味がわからない。

思わず絶句していると、卓人が訊いてきた。

『……私をひどい親だと思うか、良英？』

「……っ？」

『賢人は私が手塩にかけて育てた一人息子だ。なのにあれが何を考えているのか、私にはわからない。何しろ私はもう、菱沼家の当主でもCEOでもない。何者でもないただの老いぼれアルファでしかないんだ』

「大旦那様……?」

『私は不安なんだよ。私の手の届かないところで、何もかもが台無しになってしまうのがな』

まさか卓人が、そんな弱気なことを言うとは思わなかった。何も言葉を継げずにいると、卓人が念を押すように言った。

『当日の段取りは追って連絡する。土壇場であれに逃げられぬよう、おまえも手を貸してくれ。頼りにしているぞ、良英』

言うだけ言って、通話がぷつりと切れる。

美都子にも卓人にも、良英は深く恩義を感じているが、今の自分は賢人のバトラーだ。

なのに彼を罠にはめて、無理やり番わせる手助けをしろというのか。

あまりにも非道な命令におののくが、それを命じた卓人の様子も気にかかる。

どうしてあんなふうに思い詰めてしまったのだろう。もしや、引退したことを後悔しているのか……?

「……佐々木？　どうかしたのか？」

「……！」

携帯電話から顔を上げると、給湯室の入り口に賢人が立って、気づかわしげにこちらを見ていた。

精悍な顔と立派な体躯。森の木々を思わせる穏やかな香り。

こうして真っ直ぐに向き合ってしまうと、自分はこの人にどこまでも惹かれているのだと、否応なく感じさせられる。

彼の想いを受け止め、こちらも気持ちを伝えたい。私もあなたのことが好きだと打ち明けてしまいたいと、腹の底から湧き上がるような恋情の奔流に胸が苦しくなって、目まで潤みそうになってしまう。

だがそんなことはできない。互いに想いが通じ合ったとしても、そこは未来につながることのない誤った道で、誰のためにもならないからだ。

そうかといって、卓人の計画に加担することが完全に正しい道だとも、良英には思えない。

何よりそれは賢人の信頼を裏切り、想いを踏みにじることだからだ。そんなことをしたら、自分はバトラーとしても秘書としても、もう賢人の傍にはいられないだろう。

でも、そもそも身の程知らずにも主人に想いを抱き、心を惑わせてしまうような自分は、バトラーとして不適格だったのかもしれない。卓人の計略の手助けをしようがしまいが、どのみち自分は賢人の前から立ち去るべき人間なのではないか。

なんだかだんだん、そんな気持ちになってくる。

「……大旦那様から、週末に賢人様を、伊豆の料亭までお送りするようにと」

懸命に平静を装って、賢人に告げる。賢人があぁ、とうなずいて言う。

「おまえのほうにも連絡が行ったのか。よくわからんが、たまには食事でもということかな？」

「……おそらく、そうなのではないでしょうか」

「まあ、しばらくそういう席もなかったからな。親父も寂しくなったかな」

何も疑っていない様子でそんなことを言う賢人の顔を見ているだけで、胸がキリキリと痛む。

想いを告げられぬ哀しみと、彼を騙さねばならないのだという罪悪感。

週末まで、この苦しみを味わい続けなければならないのか。

(でも、これが私の、運命だったのかもしれない)

ベータの自分には、きっと何もかもが儚い夢だったのだ。

事がすんだら賢人に暇を告げ、彼の前を立ち去ろう。

良英はそう思いながら、もう一度茶を淹れようと、湯を沸かし始めた。


その日が来なければいい。

そう願っても、時間は容赦なく進んでいくものだ。週末はすぐにやってきて、良英は賢人を車に乗せ、伊豆へと向かうことになった。

きちんとした料亭だからとスーツを着て、いつものように後部座席に座る賢人はとてもエレガントで、バックミラー越しに姿を見るだけで胸がざわざわしてくる。

思えば、賢人と出会ったときはまだ小学生だった。

同じ屋敷に住み、中学高校に通っていた頃は、彼を兄のように慕っていた。

それから十年の時を離れて暮らし、彼が帰国して秘書になったものの、あれからまだ一年も経っていない。途中でバトラーを兼任することになって、万一の場合に備えて自分で体を開発したりなどしたが、本当に体の関係になるなんて思いもしなかった。

なのにアクシデントで抱き合ってから、何度も彼と肌を合わせ、やがて心まで奪われていたのだ。

彼と過ごした日々は矢のように過ぎた。

けれど、アルファにとってものの数には入らない、自分のようなベータにとっては、光り輝くロマンチックな時間だった。

こんな形で終わるのだと思うと哀しいが、きっとすぐに思い出に変わるだろう。

これからは分相応の、ベータらしいささやかな人生を、ひっそりと送っていくのだ。

まるで自分に言い聞かせるように、車を運転しながらそんなことを思っていると。

「……雲行きが怪しいな」

相模湾沿いの有料道路を走る車の中から、賢人が遠くの空を眺めて言う。

三時すぎに渋谷を出たとき、東京は晴れていたが、今日は西から天気が崩れる予報で、伊豆はもう雨が降っているようだった。

できるだけ早く着きたかったのだが――――。

(……流れが遅くなってきたな)

スムーズに流れていた車のスピードが徐々にゆっくりになり、前方に車が詰まり始める。

この感じは、渋滞ではないか。

「なんだろうな。事故でもあったか？」

後部座席から賢人が言う。

時間には余裕を持って出てきたが、まだ目的地の料亭まではかなりある。少しずつでも進んでくれればいいけれど、止まってしまうと困る。

「あ……」

「……流れが止まったな」

「そうですね」

「心なしか、雨脚も強くなってきたような……？」

賢人の言うとおり、雨が本降りになってきて、停車している車のブレーキランプがぼやけてくる。

運転に危険を感じるほどの雨量ではないものの、正しく時間が流れている世界から突然切り離されたみたいで、落ち着かない気持ちになる。

（……気まずい）

ざあ、と車に打ちつける雨。フロントガラスを往復するワイパーの音。

聞こえる音はそれだけだ。まるで二人きり、外界から隔離されて閉じ込められてしまったかのようだ。

普段ならどうということのない話をして場を持たせられるし、むしろ何も話さなくても居心地の悪さなどは感じない。

でも、今は……。

「……そういえば昔、今みたいなことがあったな」

不意に賢人が、思い出したように言う。

「おまえが菱沼の家に来たばかりの頃じゃなかったかな。二人で庭で遊んでいたら、通り雨が降ってきて……」

賢人の言葉に、懐かしい記憶が呼び覚まされる。会話の糸口ができてほっとしながら、良英は言った。

「……覚えております。確かあのときは、お庭の物置小屋に」

「そうだ、雨宿りのために入った。すぐにやむだろうと思っていたら、空が真っ暗になって、雷鳴がとどろき始めた」

賢人が懐かしそうに言って、クスリと笑う。

「俺はあの頃、ひどく雷が怖くてな。まあ今だって得意じゃないが、叫び出すほどじゃない。けどあのときは、それこそ悲鳴を上げそうなほど怖かった」

「そうだったのですか？　物置小屋にいれば安全だと、むしろどっしり構えておいでだったような……？」

「虚勢を張っていたんだよ。アルファなのに雷なんか怖がってちゃ駄目だってな。おまえがものすごく落ち着いていたから、なおさらだ」

「落ち着いてはいなかったと思います。おそらく、怖くて固まっていただけだと」

昔の話なのでよく覚えていないが、お互いに相手のほうが冷静だったと思っていたのなら、なんとなくおかしい。

賢人が小さく笑って言う。

「二人で黙りこくって、積んであった角材か何かの上に並んで座ってたな。でも、俺はどうしても怖くなっておまえに言った。手をつないでてやろうか、って。俺はこんなのは全然平気だぞって顔でな」

「……そうでした。あなたに手をつないでもらえて、私はとてもほっとしたのですが、本当は怖がっていらしたんですね？」

「ふふ、カッコ悪い話だな」

「そんなことはありません。私を安心させてくださったことに、変わりはないのですから」

お互いに、まだ相手のことをよく知らない頃だった。

でも手をつないだ感じは覚えている。菱沼家の嫡男と引き取られてきた身寄りのない子供だということも、アルファとベータだということも、そこには何も関係なくて、ただ二人でいて、安心できた。この人は信頼できると、感じたのだ。

しみじみとした声で、賢人が言う。

「おまえがそう言ってくれて、ありがたいよ。でも安心したのは俺のほうだ。あのときなんだろうな、たぶん」

「……？」

「あのときから、俺はおまえを意識し始めた。おまえが傍にいてくれるなら、俺は俺でいられるかもしれない。なぜかそう直感したんだ」

賢人の声が途切れ、また雨の音に包まれる。

かすかな熱をまとった言葉の残響に、知らず胸が高鳴る。ちらりとバックミラーをのぞくと、賢人は雨の伝い落ちる窓越しに外を眺めていた。

「俺の周りには、俺を特別な人間として見ている人間しかいなかった。生まれや育ち、環境が大きく違う者はもちろん、それほど変わらなくても、いや、むしろ変わらないからこそ、小さな差が気になるというように」

賢人が言って、バックミラー越しにこちらを見返してくる。

「もちろん、おまえもそれは同じかもしれない。だが、アルファであることも菱沼家の人間であることも俺そのものじゃない。中身はただの一人の男で、それでもいいのだと、おまえは俺に思わせてくれた。だから俺は、おまえを好きになったんだ」

「……！」

ストレートな告白にはっとして、思わずバックミラーから目をそらした。

これはこの間のキスの続きだ。

聞かなかったことにしたいが、こんな閉ざされた空間でそれは難しい。言葉が頭にしみ込んできて、彼の元を去ろうという決意が揺れ始める。

自分も想いを伝えたい。恩人である卓人に逆らい、この先に起こる事態を打ち明けて、見合いをぶち壊してしまいたくなる。

（でも、それはできない）

気持ちを通わせたところで先はないし、縁談が台無しになったら、思い詰めた卓人は賢人を更迭しかねないのだ。

どうかこれ以上、心を惑わせないでほしい。ぎゅっとハンドルを握り締めて、良英は言った。

「賢人様。そういったお話は……」

「生徒会活動も演劇部の舞台に立つことも、おまえなしではできなかった。長い海外生活では困難もあったが、日本に帰ればおまえがいると思えば、何も苦にはならなかった」

「……賢人、様っ……」

「友達も、よきライバルも、ビジネスパートナーも、俺にはたくさんいる。でもおまえの代わりはいない。俺にはおまえだけなんだよ、良英」

「あ……」

賢人が背後から腕を伸ばし、運転席に座る良英の体を抱いてくる。

森の木々を思わせる温かい香りに包まれ、心まで抱き締められているみたいだ。賢人への想いが胸にあふれて、まなじりが濡れそうになってしまう。

「……そのようなことをおっしゃっては、いけません……」

もはや抗うことも苦しく、声を震わせながらも、良英は懸命に言った。

「私は、あなたにはふさわしくない人間です。あなたには、お立場が……！」

「俺の立場は俺がこれから自分で作り上げる。古い常識にとらわれたこの狭い日本にではなく、広く自由な世界にだ」

「世、界……？」

「ああ、そうだ。そのとき隣にいてほしいのはおまえなんだ。秘書でもバトラーでもなく、パートナーとして、一緒に新しい場所で生きてほしい」

『広く自由な世界』

『新しい場所』

賢人の言葉は愛の告白だと思うのだが、何か少し壮大な話になっている気がする。

いったい、なんの話を――――？

「なあ、良英。今から行く料亭には、親父以外の人間もいるんだろう？　俺に見合いでもさせようとしてるんじゃないのか？」

「っ！」

「うぬぼれてるわけじゃないが、おまえの心の内はわかっているつもりだ。おまえはとても葛藤してる。長い付き合いなんだ。それくらい、顔を見ればわかるぞ？」

「……！」

どうやら、何もかも見抜かれていたようだ。隠しおおせているつもりだったなんて、あまりにもいたたまれない。

「申し訳、ありません！」

「いいんだ。おまえはそれこそ、親父に何か命じられたら断れない立場なんだ。責めたりはしないよ」

賢人が安心させるように言って、優しい声で続ける。

「心配はいらない。このまま俺をそこに連れていってくれたら、おまえの懸念も不安もすべて解決してやる」

「っ……？」

「世間やおまえが俺に誰よりも優秀なアルファであれと言うなら、俺はそうするつもりだ。俺なりのやり方でな。もしもそれを示せたなら、おまえは俺の想いを受け入れてくれるか？」

自信に満ちた言葉と問いかけとにドキリとして、おずおずと振り返って顔を見る。精悍な顔には笑みが浮かんでいる。もしや賢人のほうにも、何か計画があるのだろうか。

半信半疑ながらも、良英はしばし、その顔を見つめていた。


幸い渋滞はしばらくして解消した。時間より遅れてすっかり日が暮れてしまったが、良英は目的地の料亭まで賢人を連れていくことができた。

屋根付きの駐車場に車を入れると、ちょうど向かい側に黒塗りの高級車が二台並んで止まっているのが見えた。

片方は品川ナンバーの、卓人が以前から乗っている車だ。

ほかに車はないから、もう片方は、おそらく……。

「……世田谷ナンバーか。なんとなく想像していたとおりだな」

賢人が思案げに言う。

卓人の企てについて、良英は賢人にすべて話そうとしたが、おまえに告げ口をさせたくないと言われて断られた。賢人は見合いの相手に気づいているようだが、発情させて強引に番にしようという卑劣な計画まではどうだろう。

もしも本当にそういうことになったなら、もちろん自分が全力で賢人を助けなければと、そう思っているのだが……。

「こちらです」

料亭の女将に案内されて、長い廊下の奥へと連れていかれる。

手前の部屋に野口が控えていて会釈をされたが、彼も当然この計画を知っているのだろう。良英もそこでとどまろうとしたのだが、賢人がちらりとこちらを見て、ついてくるよう手招きしたので、座敷まで一緒に行く。

襖が開くと、そこには卓人と進藤、それに不安そうな顔をしたオメガの少年が、座卓に向き合って座っていた。

到着が遅れたためか、すでに三人の前には懐石料理が並び、大人二人は日本酒を酌み交わしている。

会食向きの美しい庭に面した和室だが、奥の襖の向こうには続き間があるようだ。

卓人が何か言う前に、賢人が呆れたように言った。

「なるほど、こういうことか。急に食事をしようなんて言うから、何かおかしいと思っていたんだ」

「賢人くん、まあそう言わずに。これも菱沼さんの親心というやつだよ。まずは落ち着いて話そうじゃないか」

進藤がそう言って、賢人に向かいに座るよううながす。

賢人が小さくため息をついて座椅子に腰かけたので、良英は邪魔にならないよう、入り口の傍に控えるように座った。

進藤が隣に座るオメガの少年の肩に手を添えて告げる。

「我が家の末息子のユキオだ。いい機会だから、きみに紹介しようと思ってね。ほら、挨拶をしなさい」

うながされたものの、ユキオと呼ばれた少年はとても緊張しているのか、賢人の顔も見られずにいる。

もしや彼も、見合いの席だとは知らされずにここに連れてこられたのだろうか。

「進藤さん。お子さんを姻戚関係作りの道具のように扱って、アルファとして恥ずかしくないのですか、あなたは？」

まるで先制攻撃のように、賢人が穏やかに抗議すると、ユキオが目を丸くして息をのんだ。進藤の眉間に深くしわが寄ったので、卓人が慌ててとりなすように言う。

「失礼なことを言うな、賢人！　進藤さんは、おまえの先日の非礼を水に流してくださると言っているのだぞ！」

「非礼を働いた覚えはありません。惰性でスポンサーを続けるのは会社のためにならないと判断したので、あのように申し上げたまでです」

賢人がよどみなく言って、進藤を真っ直ぐに見つめて続ける。

「私は真の意味でのバース性平等を進めたいと考えている。それは会社のためでも、この社会全体のためでもあります」

「それはとても高邁な理想だと思うよ、賢人くん。私としても、その重要性は何よりも痛感しているとも」

進藤が理解を示すようにうなずいてみせる。

「だが、現実はそれほど甘くない。なぜならきみの言うこの社会全体が、まだ理想を受け入れられる状態ではないからだ。野蛮で未成熟で、未完成。それが今の社会なのだよ」

そう言って進藤が、徳利を持ち上げて未使用の盃に酒を注ぎ、賢人のほうによこす。次いでユキオの前に置かれたグラスに瓶入りのジュースを注ぎ入れながら、進藤が言葉を続ける。

「未成熟な社会には、成熟した人間による導きが必要だ。アルファにはそれができる。そしてオメガはアルファの心身を支え、癒やし、アルファの子を産むことができる。きみほどのアルファならば、その合理性を理解できないはずはないだろう？」

「それは果たして合理性でしょうか。オメガの未来を閉ざすことが？」

「閉ざしているだろうか？　我が国では教育の場も就業の場も、オメガに対し一切の差別なく開かれている。望めばどんな希望も叶うのではないか？」

進藤が言って、ユキオの肩を抱く。

「だが、オメガにはオメガにしかできない生物学的な役割がある。きみにだって、アルファとして家と会社を背負っていく責任があるだろう。それを果たさなければ人は離れていくぞ？　ご立派な理想を語るのもいいが、きみ一人で何ができるものか、謙虚に考え直したほうがいいのではないか？」

話はまったくの平行線だ。

互いにそれがわかったのか、賢人と進藤がしばし黙ると、卓人が自分の盃を持ち上げて言った。

「なあ、賢人。せっかく進藤さんがすすめてくださっているんだ。まずは一杯やろうじゃないか。話はそれからでもいいだろう？」

卓人の誘いの言葉に、どこか不自然さが混じっているように聞こえたので、良英はちらりと卓人の顔を見た。

卓人はいつもと変わらぬ表情のように見えるが、額がじんわりと汗ばんでいる。ユキオに目を向けると、彼は青ざめた顔をして、かすかに口唇を震わせながらグラスのジュースを凝視している。

状況を察して、良英は緊張感を覚えた。

薬品を使うという以外、具体的な手順は聞かされていないが、二人を番わせるため、まずは賢人を昏倒させ、発情させたオメガ――ユキオと二人きりにするというのが、今夜の計画だった。

もしかしたら、進藤がよこした盃の酒には睡眠薬か何かが、ユキオのジュースには発情をうながす薬が、それぞれ仕込まれている可能性がある。

賢人にそれを告げようかと、一瞬そう思ったのだが。

「すみません、進藤さん。私はあなたと飲む気はありません。そのつもりで来たわけではありませんので」

冷ややかな言葉に、進藤が眉根を寄せる。その顔を見据えて、賢人が言う。

「あなたに言われずとも、私は私のやり方で己が責務を果たすつもりです。政略結婚などに頼らずにね」

「ほう？　なかなかの大言壮語だな。だがどうやってだね？　事をなすのには資金力がいる。まさか親がかりでもないだろう？」

あざけるように進藤が訊ねる。

賢人はそれには答えず、涼しい顔で答えた。

「実は近々、ニューヨーク時代の企業経営者の友人たちと、合弁会社を作るつもりなのです。スミス&バーンズという製薬会社なのですが、ご存じでしょうか？」

「な、に？」

「スミス&バーンズッ？　あの、スミス&バーンズかっ？」

進藤と卓人が裏返った声を出す。

スミス&バーンズは、アメリカの新興製薬会社だ。

まだ設立して数年の若い会社だが、すでにオメガの発情抑制剤関係の特許をいくつも取っている。発情フェロモンの作用に関する画期的な研究に多額の出資をしており、今後の成長が確実視されている企業として世界中から注目されているから、合弁会社を作ることは、菱沼グループにとってももちろんプラスになるだろう。

良英も初耳だったが、そういえばスミス氏やバーンズ氏は最近来日して賢人と会っていた。アルファ同士は人のつながりが重要であることを、賢人は誰よりもよく知っていて、交友関係を最大限に生かしているのだ。

「当然ながら、合弁会社は何もかもが世界水準です。菱沼グループも、これを機に大きく飛躍することとなるでしょう。その準備段階として、極端に不均衡だった社員や従業員のバース性構成比を海外の基準に合わせているのですよ」

賢人が言って、進藤に残念そうに告げる。

「そのような事情ですので、我が社が出資する団体も厳選することになります。東京アスレチックミートは、大会の意義に反して実行委員会の運営があまりにも旧態依然だと言わざるを得ない。心苦しいですが、今のままでしたらやはりスポンサーは降りることになるでしょうね」

「賢人くん……、きみは……！」

「それに私は、十代のオメガの未来を結婚で奪ってよしとする考え方は到底受け入れられない。彼には彼の望む未来があるはずだ。もちろん、私にもね」

賢人の言葉に、ユキオ少年がまた目を見開く。

進藤が怒りで顔を赤くして、卓人に言う。

「菱沼さん！　あんた、息子にどこまで好きに言わせておくのかねっ？」

「い、いや、そのっ……」

「ここは日本だ。バース性平等だなんだと言ったところで、政財界はアルファ同士の強い結びつきで成り立っている。洋行帰りの若造なんぞにその機微はわからんのだ。あんたは息子に会社をめちゃくちゃにされてもいいのかっ？」

取り繕いもせずにそこまであけすけなことを言えるのは、ここが閉じた空間だからだろう。

だが公の場でそんなことを言ったら、進藤は議員辞職に追い込まれるに違いない。そのくらい前時代的でアルファ優位の考え方だが、現実はそんなものだ。

それでも卓人としては、政治家とのつながりを保ちたいという気持ちがあるのかもしれないが……。

「……進藤さん。すまないが、本当に我が社のためを考えるなら、賢人の言うことにも一理あるのではと思う」

「なんだとっ？」

「進藤さんには世話になってきたが、私はもう引退している。美都子の意向もあるし……」

「あんたは、まだそうやって尻に敷かれてるのか！　まったく、アルファの女房なんぞもらうからそういうことになるんだ！」

進藤が言って、あざ笑うように続ける。

「……だが、まあそれも仕方のないことか。あんた、新事業の失敗の損失をこっそり女房の実家に補填してもらってきたそうじゃないか」

「なっ？　なぜ、それをっ……？」

「資金難に陥ったときに、私が投資家に口利きしてやったこともあったな？　アルファ同士は持ちつ持たれつの関係なんだ。息子が持ってきた計画にうまみがあるからといって、長年の付き合いの私と天秤にかけるような真似はどうかと思うがね？」

脅すような言葉に、卓人が黙り込む。

卓人と進藤との結びつきに、何か裏事情があるのだろうかと疑ったことはなかったが、こうした場面でそれを持ち出して交渉の道具にされるのなら、それはむしろよからぬつながりなのではないか。

賢人はどうするつもりなのだろうと見守っていると、彼がどこか不敵な笑みを見せて言った。

「持ちつ持たれつというのは、それこそこちらにもうまみがある場合に限られるのでは？　現状、世事に疎い私の耳にすら入っているのですがね、あなたの属していらっしゃる政治団体の財政難や不正献金疑惑、それに政治家の立場を利用したベータやオメガへの人権侵害で、告発寸前であることは」

「何っ……」

「目的を伏せて人を呼び出して、騙し討ちのようなことをするのも、おやめになったほうがいい。最近は発情事故の捜査もかなり厳格になってきていますから。被害者が未成年の場合は、特にね」

賢人がそう言って盃を持ち上げ、中に入っている酒を揺らし、吟味するように眺める。

どうやら小細工もバレているようだ。グッと黙ってしまった進藤に、賢人が至って穏やかに言う。

「菱沼グループは、あらゆる差別と人権侵害に反対の立場です。ですが私としては、あなたの不正を追及したせいで罪もない息子さんまでが不名誉な目に遭うのは避けたい。息子さんのためにも、政治家としていま一度、襟を正していただきたいものですな」

賢人がきっぱりと言って、盃の中身を空いた皿にこぼすと、部屋がシンと静まり返った。

後ろ暗い事情は黙っておいてやるから、菱沼家からは手を引け。

賢人は当主として、言外に進藤にそう告げている。

進藤は渋面のまましばらく黙っていたが、やがてゆっくりと立ち上がって卓人に言った。

「……あんたの息子は、ずいぶんと食えないな、菱沼さん」

「進藤さん……」

「いずれにしても、話のわからん相手にうちの息子はやれん。行くぞ、ユキオ！」

たんかを切りつつも、まるで逃げるように進藤が部屋の出口へと向かう。

そのままこちらを振り向きもせずに出ていってしまったので、慌ててついていこうとしたユキオを、賢人が呼び止める。

「きみ、ユキオくんと言ったね？」

「……は、はい」

「親子とはいえ、きみは人格を持つ個人だ。親の意向に従う必要はない。何かつらいことがあったら、バース人権局に相談するといい」

そう言って賢人が、笑みを見せて続ける。

「役所に相談するのに抵抗があるのなら、俺が直接力になろう。菱沼ホールディングスの代表番号に電話してくれれば、必ず取り次ぐよう言っておく。どうか覚えておいてくれ」

「……はい。ありがとう、ございます」

何か救われたような顔をして、ユキオが進藤のあとを追って部屋を出ていく。

入れ替わりで野口が顔を出し、部屋の様子をうかがって、どこか安堵したように言う。

「おやおや。この様子ですと、縁談は破談になったのですね、大旦那様？」

野口の問いかけに、卓人がややバツの悪そうな顔をする。

ややあって、小さく天を仰ぎながら、卓人が答えた。

「……ああ、そうだ」

「ふふ……、さようで」

「なんだ野口？　おまえ、もしや本当はこの見合いに反対だったのか？」

「反対と言いますか……、賢人坊ちゃまがこんな見え透いた手に引っかかるとは思えませんでしたので、うすうすこうなるのではないかと」

「ちなみにだが、親父。良英は何もしゃべってないからな。責めるのはお門違いだぞ」

賢人が付け加えるように言うと、卓人が観念したみたいに答えた。

「ああ、ああ！　もうわかった！　私の浅知恵だったよ。もっと賢人を信じるべきだった。おまえにすべて任せろと言った美都子の、息子の能力を見極める目の確かさもな」

「任せろって、母さんが、そんなふうに？」

賢人が笑みを見せて言って、探るように訊ねる。

「だったら、結婚相手選びも俺に任せてもらっても？」

「なんだ。誰かいい相手でもいるのか？」

「ああ。俺はずっと、こいつと結婚したいと思っていたんだ」

「……！」

賢人にいきなり肩を抱かれて言われ、驚いて固まった。

卓人のほうは何を言われたのかわからなかったという表情で、まじまじと賢人の顔を見る。賢人がもう一度はっきりと言う。

「俺は良英と結婚したい。いや、するつもりだ」

「……は？　おまえは何を言っている。ベータと結婚したいだと？」

あまりにも当然の反応に冷や汗が出る。

卓人がぎろりとこちらを見たので、良英は思わず言った。

「大旦那様、その……、私としては、そのお話はお受けしかねているところで」

「当然だ！　賢人、おまえは自分の置かれた立場をわかっているのかっ？」

「もちろん。親父は反対なのか？」

「当たり前だろう！」

「そうか。じゃあ俺もバース人権局に訴えるかな」

「何っ？」

「結婚の自由はバース性を問わず誰にでも認められている。たとえ身内であっても、やめさせることなんてできない」

賢人がきっぱりと言って、笑みを見せる。

「けど親父だって、だからこそ祖父さんの反対を押しきって本気で惚れた母さんと結婚したんだろう？　母さんの実家からの援助だって、長年の親父の仕事ぶりを見た向こうの祖父さんが、親父にならと出してくれたって聞いたぞ？」

それは初めて聞いたエピソードだ。卓人がそういうタイプだとは思わなかったので、一瞬本当だろうかと疑ったが、その顔は徐々に赤らみ、何やら気恥ずかしそうな表情が浮かんでくる。

どこまでも人情の機微に疎いので自信はないが、これはいわゆる、惚れた弱みというやつなのだろうか。

美都子と卓人が離婚せずに夫婦でいる理由の一端を見た気がして、新鮮な驚きを覚えていると、賢人が請け合うように言った。

「もっと息子を信用してくれ、親父。俺も必ずいい結果を出してみせる。良英と一緒にな」


（それにしても、結婚だなんて……）

それから一時間ほどあとのこと。

賢人が帰りは俺が運転したいと言ったので、良英は落ち着かない気持ちで後部座席に座り、東京に帰る道すがら賢人が言ったことを反芻していた。

賢人が冗談を言っているのではないことはわかっていたけれど、卓人の前でまで宣言するのだから、気持ちの本気度はいよいよ疑いようのないものになった。

その純粋な想いはもちろん嬉しいのだが、だからといって本当に結婚できるかというと、それはなかなか難しいのではないかと思う。

卓人と美都子の場合は二人ともアルファだし、それほど数は多くはないが珍しいということもない。互いの家柄のよさもあって、反対があったとしても、そこまで強烈なものではなかったのではないかと想像する。

だがアルファとベータとなると、状況は一変する。

何しろ二人の間にアルファが生まれる確率はぐんと下がる上に、ベータはオメガほど妊娠しやすくもない。

特に名家ではない良英の家ですら、ベータの自分が生まれたことで不仲になったくらいだ。跡継ぎをもうけ、優秀な人物に育て上げる必要がある名家のアルファ、しかもきょうだいのいない賢人にとっては、大問題だろう。

世間から見ても、賢人が結婚相手にどんな人を選ぶのか、それ自体が彼の信用にかかわる事柄といえるのだから、身寄りのないベータの良英はどう考えてもパートナーとして不適格だ。自分で本当にいいのか、などと考えるまでもないくらい、あり得ない話なのに……。

「静かだな、良英。疲れているのなら、眠っていてもいいぞ?」

賢人はもう、良英を名字で呼ぶ約束などは忘れたようだ。車を走らせながら、ごく軽い調子で訊いてくる。

「それとも、これからどうなるんだろう、とか考えているところか?」

「……それは当然、考えております。でも、考えるまでもないのでは、とも。大旦那様も、賛成してくださったわけではないですし」

「おまえの懸念はもっともだ。だが、そもそも俺はまだおまえにはっきりと気持ちを伝えていないし、おまえの心の内も、おまえの口からは聞いていない。順序が逆になったが、そこをまずちゃんとしたいな」

ここまできて、何をもって「ちゃんと」と言うのかはわからなかったが、こちらの想いを告げていないのは確かにそうだ。自分の気持ちを伝えるべきではないと思っていたのだから、当たり前ではあるが。

(でも、もうこのままでは、駄目ではないか……?)

自分は賢人にはふさわしくない。気持ちを告げるべきではない。

それはもちろんそうなのだが、賢人にここまで本気で想われているのに気持ちを伝えないままでは不誠実な気がする。

人からの評価だとか立場を考えてどうのとか、そんな言葉を返したところで意味がないようにも思うのだ。

それに――――。

(賢人様が作る未来を、私は一緒に見てみたい)

賢人一人で社会を変えられるわけではないと考えていたが、もしかしたらそんなことはないかもしれない。良英自身にしても、ベータだからといって、なんの力もない人間ではないだろう。

賢人がアルファであることを自ら欲して手に入れたわけではなく、それが彼のすべてではないように、良英だってベータであることだけが自分ではないし、「その他大勢」などという人間も、本当はいないはずだ。

賢人は良英にそう思わせてくれるただ一人の人間で、きっとだからこそ、自分は彼を好きになったのではないか。

彼の傍で、自分も世界を変えていきたい。バース性にとらわれず、誰もが思いのままに生きられるように。

そう思っても、いいのだろうか。

「……私の、心の内は……、おそらく賢人様が、お考えになっているとおりです」

良英はためらいながらも言って、いつも自分がするのとは逆に、後部座席からバックミラー越しに賢人の顔を見つめた。

「でも私は、それを告げるべきではないと考えておりました。秘書として、バトラーとして、あなたのお傍にいられればそれで十分だと思ってきたからです」

賢人が鏡越しに一瞬こちらを見る。目線を戻し、前を見据えて車を運転する彼の精悍な顔を見つめたまま、良英は続けた。

「大旦那様から秘密裏に縁談を進めているとうかがったのは、賢人様がバーンズ様とご旅行中のときです……。それが進藤様のご子息だとは知りませんでしたが、少々、心乱されたのを覚えています」

「……心を、乱された？」

「はい。賢人様にキスの痕をつけられて、それはさらにひどくなりました。それでようやく気づいたのです。あなたに対して抱くべきでない想いが、心の中にあることを」

良英の言葉を、賢人がしばし考えるように黙って、それからおもむろに言う。

「俺はあのとき、心が固まった。おまえがベータだからこそ、絶対におまえと結婚するしかないと思った」

「そう、なのですか……？」

「ああ。形などどうでもいいとか、所詮は紙切れの話だとか、そんな考え方もあるが、おまえと番にはなれない以上、形こそが大事だと思ったんだ。そういう話も本当は時間をかけてじっくりしていきたかったんだが……、俺は本当に、辛抱が足りないな……！」

「っ？　あの、賢人様？　どちらへっ……？」

賢人が不意に大きくハンドルを切り、海沿いを神奈川方面に向かう幹線道路をそれて脇道に入っていったので、急にどうしたのだろうと焦ってしまう。

街灯の少ないうねうねとした道は上り坂で、丘陵が続く地形に沿って上っていくようだ。

しばらく行くと車が数台止まればいっぱいの小さな駐車場があり、賢人はそこに車を止めた。

どうやら公立の自然公園か何かがあるようで、その駐車場のようだが……。

「ふむ、いい月が出ているな。悪くない」

賢人が先に車を降りて独りごち、慌てて降りた良英に言う。

「一緒に来てくれ、良英。大切な話がある」

手を差し伸べられ、ドキリと心拍数が上がる。

おずおずと手を取ると、賢人が先に立って、松林の中を上る細い坂道を歩き出した。

誰もいない夜の公園を手を取り合って歩くなんて、東京ではまずない状況だ。雨はすっかり上がっていて、海風で揺れる松林からはごう、と松籟《しょうらい》が聞こえる。

少々心細い場所だが、賢人の手の温かさを感じながら彼について歩いていくと、やがて松林が途切れ、芝生で覆われた小高い丘に出た。

「……！」

雲一つない星空に、半月を少し過ぎた明るい月。

その光が黒いビロードを広げたような海を照らして、金糸を織り込んだように輝いている。

世界はとても美しくて、ここには賢人と自分だけがいる。

何やらロマンチックな気分になっていると、賢人がこちらに向き直り、穏やかな声で言った。

「おまえを愛している、良英。心から……、いや、全身全霊でだ」

「……っ……」

「おまえはすでに、俺を公私にわたって支えてくれている。俺はそのことにとても感謝している。だが俺は強欲だから、おまえのすべてが欲しいんだ」

賢人が言って、スーツのポケットに手を入れる。

「お願いだ、良英。どうか俺と結婚してほしい。俺の、生涯の伴侶になってくれ」

「……ぁ……！」

賢人がポケットからそれとわかる小箱を取り出し、ふたを開けてこちらに見せながら片膝をついたので、小さく声が出てしまった。

月の光を受けて輝く、ダイヤモンドの指輪。

自分でいいのかとか、ふさわしくないのではとか。

そんな気持ちを優しく洗い流してくれる、これ以上ないほど真っ直ぐなプロポーズに、心が震える。

賢人になら、自分のすべてを捧げたい。彼と未来を作っていきたい。

今はもう、ただ素直にそう思う。

「私も……、あなたを愛しています」

こちらを見上げる賢人の瞳を見つめ返して、良英は言った。

「ずっとお傍にいさせてください。ほかの誰よりも、あなたの近くに」

賢人の精悍な顔に笑みが浮かぶ。

月の光が照らし出すその美しい顔を、良英は魅入られたように見つめていた。


「お、いい眺めだ」

「本当ですね」

「持つべきものはホテル王の友人だな」

――このまま家に帰るのはやめて、二人きりで静かな週末を過ごしたい。

甘いプロポーズのあと、なんとなくそんな雰囲気になり、二人でどこかに泊まろうかという話になった。

いい宿がないかと賢人が優一に電話したところ、公園からすぐのところにある彼が経営しているリゾートホテルはどうかと提案されたので、そのままやってきたところだ。

全室オーシャンビューのヴィラ風の宿で、案内されたプレミアムルームには、海を見ながらゆっくり湯につかれる展望露天風呂がついている。

南面いっぱいのテラス窓からの眺望もよく、明日の朝は海から昇る太陽が見られるのではないかと期待してしまう。

「プライベートでおまえとこういうところに来るのは、初めてだな」

「そうですね。……あ……」

窓辺に立って夜の海を眺めていたら、賢人が背後から左の肩にあごを乗せて、腕を回して良英の体を抱いてきた。

森を思わせる彼の匂いに包まれ、それだけでうっとりしていると、賢人が耳にちゅっと口づけて、甘い声で言った。

「やっとおまえと恋人同士になれた。それどころか婚約者だ。嬉しいよ、良英」

「賢人様……」

「様、ではなくて」

「……賢人さん」

「ああ、そうだ。愛してる」

「……ん……」

頬に手を添えられ、肩越しにそっと口唇を合わせられて、ドキドキと心拍が弾む。

「恋人役」ではなく「恋人」として愛の言葉を告げられるのは、想像していたよりもずっと心に響く。身も心も沸き立って、愛しい想いがこんこんとあふれてくるのが感じられる。

誰よりも愛するこの人と、今すぐ心行くまで愛し合いたい。感情のままに結び合って、悦びに溺れたい。

ただの肉欲よりも強烈な、彼と一つになりたいという欲望が激しく湧き上がってきて、知らず息が乱れる。

でも、それは良英だけではないみたいだ。キスが深まる前に口唇を離して、賢人があえぐように言う。

「おまえが欲しい。今すぐだ」

「私もです。あなたと愛し合いたい」

「良英……」

賢人が名を呼びながら、背後から良英の体をまさぐり、シャツを緩めて素肌に手を滑らせてくる。

触れられる手の感触が心地よくて、窓に手をついてされるがままになっていると、シャツのボタンを全部外され、ズボンも下着ごと脱がされた。

立ったまま背後から身を寄せられ、すでにツンと勃った乳首を指でつままれて、ビクンと身が震える。

右の手が腹を滑り下り、すでに頭をもたげ始めている欲望に触れたら、それだけで腰にしびれが走り、知らず尻が跳ねた。

良英の体はいつになく感じやすくなっているようだ。賢人にもそれがわかったのか、優しく訊いてくる。

「いつもよりも敏感だな？」

「そう、でしょうか」

「ここがもう、こんなになっている」

「あっ……」

良英自身に指を絡められ、ゆるゆるとしごかれて、恥ずかしく声が洩れる。

確かに賢人の言うとおり、ひどく敏感になっているみたいだ。

「おっしゃるとおりかも、しれません」

良英は言って、ほんの少し気恥ずかしい気持ちになりながら続けた。

「やはり、何かが違うんだと思います。あなたと、心まで触れ合っている気がする」

「ふふ、嬉しいことを言ってくれるな」

賢人が良英の腰を抱き、くるりと反転させて向き合わせる。

良英の眼鏡をそっと外し、窓辺に置かれたテーブルに載せて、賢人が言う。

「俺もおまえの心に触れたかった。バトラーとしての義務感からではなく、ただ一人の人間として、俺に体を開いてくれたらと思っていた」

「賢人さん……」

「でも、きっとそれには時間がかかるだろうとも思った。だからせめて恋人同士のふりをしようとおまえに提案した」

「そうだったのですね。でももう、それは必要ありませんね？」

「ああ、そうだな。こんなにも嬉しいことはないよ、良英」

「ん、ぅ……」

こらえきれないといった様子でキスをされ、肌を撫で回されて、体の芯が甘く火照る。

口唇を緩めると彼の温かい舌が口腔に滑り込んできて、上あごや舌裏を味わうようにまさぐられた。

賢人のキスはやはり良英の欲情のスイッチで、もうそれだけで体中が歓喜したように熱くなって、欲望の先には透明液が上がってくる感覚がある。

良英の欲望に指で触れ、切っ先が潤んでいるのを確かめて、賢人が言う。

「……嬉し涙があふれそうだ」

「そ、な、恥ずか、しい」

「何も恥ずかしくはないさ。おまえがここを濡らしていると、俺はそれだけでたまらなく愛おしい気持ちになる。その感じはまるで……、そう、フェロモンでも浴びたみたいな気分なんだ」

「フェロ、モン……？　あ……」

賢人が良英の前に膝をつき、欲望に口づけてきたので、ビクリと腰が揺れる。

そのまま切っ先を口に含まれ、濡れた先端をねろりと舌で舐め上げられて、はしたなく濡れた声が出た。

そこが潤むのは男性は皆同じで、良英にとっても単なる欲情の証しでしかなかったのだが、賢人がそんな気持ちになっていたなんて、想像もしていなかった。

ベータの良英はオメガのように発情期がなく、アルファを惹きつけるフェロモンを発したりもしないので、にわかには信じがたいのだけれど。

「……は、ぁあっ、んんっ」

こちらを見上げたまま、賢人がゆっくりと口唇を上下させて良英のものをしゃぶり始めたから、快感で声が上ずる。

振り返ってみると、彼の口淫はいつもねっとりと濃密で、良英を見る目もとても楽しげだった。感じる場所だけに反応が強いせいかと思っていたのだが、もしかしたらそれだけではないのかもしれない。

フェロモンを発することのないベータの良英の体を、少しでも深く味わいたい。賢人がそう思ってくれているのだとしたら、こちらもたまらなく嬉しい。

「やっ、そ、なっ、きつく、吸われ、たらっ」

裏側に舌を押し当てられ、包むようにしながら吸い立てられ、上体がぐんとのけ反る。

やはりいつもよりも敏感なのか、射精感が募ってくるのも早く、知らず腹の底がきゅうきゅうとしてくる。

「あぁっ、ん、賢人、さんっ、も、出て、しまうっ」

彼の口の中に放ったことは今までに何度かあるが、こちらとしてはいたたまれないので、首を横に振って限界が近いことを訴える。

だが賢人は愛撫をやめず、追い立てるように口唇を絞ってくる。

頬を窄めて幹をこすり上げられたら、あっけなく我慢の限界を超えてしまった。自らも腰を揺すって、良英は頂に達した。

「っ、あ、はぁ、あ……！」

賢人の口腔が自ら放った蜜であふれるのを感じ、顔が熱くなる。

情交のときはあまり考えないようにしてきたが、主従の関係なのに彼に奉仕させてしまったと、いつも申し訳ないような、それでもかすかに嬉しいような、複雑な気分になっていた。婚約したといっても、その感じはすぐには変わらないみたいだ。

達き顔を見られるのも、本当はいつでも恥ずかしい。

だが賢人は満足げで、こぼさぬよう丁寧に舌で拭いながら良英自身から口唇を離し、コク、と喉を鳴らして白蜜を飲み下した。

それもまたなんとも言いようのない、羞恥を覚える行為だ。

「とても素敵だったよ、良英。おまえが達するときの顔は、本当に可愛いな」

「そんなっ……、おっしゃら、なっ……」

「恥ずかしがらなくていい。これからベッドで、もっと見せてもらうんだからな」

「あっ……」

達したばかりの脱力しかかった体をひょいと抱き上げられ、そのままベッドまで運ばれて、真っ白なシーツの上に身を横たえられる。

優しくシャツを脱がせ、首筋を眺めて、賢人が言う。

「この間のキスの痕、もう治ってきているな」

「……はい。とても、哀しいなと思っていました」

「哀しい？」

「毎日少しずつ癒えて、色も消えてしまって……。やはり番の噛み痕とは違うのだなと」

そう言う自分の声が、妙に切ない声音に聞こえて、自分でも驚く。

オメガではないのだから仕方がないことなのに、これではなんだか恨みがましく思っているみたいだ。

だが賢人はそうは受け取らなかったのか、どこか楽しげに言う。

「そうか。じゃあ、なくなってしまわないようにしよう」

「それは……、どのように？」

思わず訊ねると、賢人がこちらに身を乗り出し、肩のあたりにキスを落とした。

そのまま肌を軽くちゅっと吸い、彼が口唇を離すと、うっすら桃色の痕が残った。

戸惑っていると、賢人が笑みを見せた。

「毎日愛し合って、こうやって新しいのをつければいい。簡単なことじゃないか」

賢人が言って、手早くスーツのジャケットを脱いで、ネクタイをしゅるっと引き抜く。

あまりにもこともなげな様子に、一瞬で気が抜けて、それから胸にじわじわと喜びが湧いてきた。

ベータの自分は賢人にはふさわしくないと、そのことばかり思い煩ってきた。でも、そんなことは賢人にとっては本当にまったくの些事なのだ。良英を一人の人間として愛し、生涯のパートナーとして求めてくれているのだと、まざまざと伝わってきて、幸せな気持ちになる。

この体に触れて、首だけといわず体中にキスの痕を残してほしい。毎日飽かず抱き合って、何度でも悦びを味わわせてほしいと、直截な欲望を覚えるけれど。

(私も、彼に触れたい)

最初のときの不器用な奉仕を除けば、これまではずっと、賢人にリードされて抱き合ってきた。良英はただ気持ちよくされて、啼き乱れるばかりだったけれど、これからは本当の恋人同士、そしてゆくゆくは結婚する相手なのだ。

愛してもらうだけでなく、こちらからも愛したい。自分も彼が悦ぶ姿を見たい。

衣服を脱いでいく賢人を見ていたら、なんだかそんな気持ちになってきた。

「……私も、賢人さんに触れたいです」

「俺に？」

「はい。今度は私が、口でしても？」

全裸になり、まばゆい裸身をさらす賢人に、ためらいながらも訊ねる。

賢人は少し意外そうな顔を見せたが、笑みを浮かべて言った。

「それは嬉しい提案だ。もちろん、かまわないさ」

賢人がベッドのヘッドボードにもたれてシーツの上に座ったので、良英は体を起こし、彼の腰の横に体の位置を移動した。賢人自身はすでに硬く勃ち上がっていたから、そっと幹に手を添え、張り出した先端部にちゅっと口づける。

小さく吐息を洩らして、賢人が言う。

「……俺も少し、過敏になっているみたいだな」

「そうなのですか？」

「最初のときもこらえるのに難儀したからな。おまえにしてもらっているんだと思うとすぐにでも終わってしまいそうだったから、我慢するのに必死だったよ。つながったあともな」

困ったようにそう言う賢人は、何やらとても艶めいた表情をしていて、こちらがドキドキしてしまう。

賢人が必死だったなんて、少しも気づかなかった。気恥ずかしそうな顔で、賢人が言う。

「大好きなおまえの前だと、俺はつい見えを張ってしまうんだ。失望されたくないからな」

「失望だなんて……。するわけがありませんのに」

「わかっている。だからこれからは、そういうのはなしにしようと思う。おまえの前ではいつも正直でいたい」

「そう言っていただけるのは嬉しいです。私も精いっぱいつとめていきたいです。あなたがあなたでいられるように」

良英は言って、賢人の目を見つめたまま、彼の切っ先を口に含んだ。

賢人が目を閉じ、ああ、とため息をこぼす。

熱くて硬い、彼の欲望。

とても大きくてずっしりとしたそれを、舌で形を確かめるように舐めてみると、スリットからはかすかに青い味がして、裏の一筋の下が脈動しているのが感じられた。

張り出した部分はやや複雑な形状をしていて、舌でたどるとぐんと大きく広がっているのが感じられる。

身を乗り出し、口唇を窄めながら喉のほうまで含むと、肉杭がわずかに嵩を増して、口の中いっぱいの暴力的なサイズになった。

(すごく、大きい……)

喉を広げられ、舌の奥のあたりが苦しくなりそうでかすかにおののいたが、愛しい人のものだと思うと、それだけで後ろがヒクッと淫靡に震えるのを感じる。

どこか陶然とした気持ちになりながら、良英はゆっくりと頭を上下させ始めた。

「……ん、んっ……」

いつも良英に悦びを与えてくれる賢人の熱杭。

口腔の中にあっても、その存在感はすさまじい。苦しくないよう加減しても、先が上あごや舌の根に触れると、ウッとうめきそうになってひやりと冷や汗が出る。

唾液もたっぷりとあふれてきて、うっかりするとむせてしまいそうだけれど。

「ああ……、いいよ、良英。すごく、いい」

賢人が息を乱して言って、気を紛らわすように良英の髪を撫でてくる。

感じてくれているのだと思うと嬉しいし、もっとよくしてあげたい。

舌を伸ばして幹に添え、さらに奥まで咥え込んで吸いつくと、賢人が身じろぎ、息を詰めるのがわかった。
(気持ちよく、なってくれているみたいだ)
賢人が心地よい気分になってくれていることは、今までのようにバトラーとしては
もちろん、彼の恋人としても嬉しい気持ちだ。
頬を窄め、繰り返し頭を揺すっていると、こちらも次第に行為に酔ったみたいにな
ってきて、喉の奥のほうが妙な感じにヒクつき始めた。腹の奥のほうもジクジクと疼
き出して、腰が恥ずかしくうねる。
口淫しているだけなのに、なんだかこちらまで、気持ちがよくなってきたような
……?
「喉でも感じているのか、良英?　前が反応しているぞ?」
「ん、うっ……?」
「腰もこんなに揺らして……。本当に可愛いよ、おまえは」
「ぁ、んっ、んぅう」
賢人が大きな手できゅっと尻たぶをつかみ、そのまま狭間に指を滑らせて後孔をな
ぞり始めたので、ビクビクと体が震える。
人は喉を刺激されて感じるものなのか。

なにぶん初めての経験なので、そんなことがあるのかと訝ったけれど、先ほど達したばかりの良英自身がまた欲望を主張し始めているのは事実だ。

窄まりも行為への期待ですでにほころんでいるようで、柔襞を指の腹でくるくるとなぞられ、指先をつぷりと沈められても、痛みや違和感はまったくない。

指を付け根まで挿れ、中をくるりとかき混ぜて、賢人が言う。

「おまえの中、とても熱くなっているな。甘く潤んで、柔らかくなって……。ほら、俺の指も、こんなにするっとのみ込んでいくぞ?」

「ん、ふっ」

ゆっくりと二本目の指を挿し入れられて、そこがとても熟れて柔軟になっているのがわかった。

内襞をほどくように指でなぞられ、窄まりを開きながら指を出し入れされると、硬い指の感触だけでも感じてしまって、知らず指を締めつけて快感を追おうとしてしまう。

勃ち上がった自身の先からまた嬉し涙がこぼれてきたのもわかって、頭がかあっと熱くなった。

悦びが兆しているのを察したのか、賢人が甘い声で訊いてくる。

「指でこうすると、いいのか？」

「んっ、んんっ、ふ、ぅっ」

中をこするようにしながら指を出し入れされて、恥ずかしく尻を震わせる。

後ろで感じてしまうのをなんとかごまかそうと、賢人の欲望を懸命に吸い立てるけれど、それが逆に体を興奮させるのか、肉筒に淫猥な熱が集まってくる。

賢人の雄が喉に突き当たるたび、快いしびれが背筋をビンビンと駆け上がって、だんだん恍惚となってきて……。

「ふ、ぅっ、うぅ、ンンッ――」

喉奥まで雄を咥え込み、後孔に挿れられた指をきつく食い締めて身悶えしながら絶頂に達した良英に、賢人が少し驚いたように訊いてくる。

「おっと……、喉で達ったのか？」

「ん、ん……」

「ふふ、すごいな。おまえにのみ込まれてしまいそうだ。後ろもきゅうきゅう締めつけてきて、指を食いちぎられそうだよ」

「ふ、うぅ」

「とてもよかったよ、良英。おまえはどこまでも可愛いな」

賢人にあごに手を添えられ、彼の欲望を口腔から引き抜かれて、口の端からたらたらと唾液がこぼれる。

酸欠みたいになっているのか、身動きができずにいたら、後ろから指も引き抜かれ、体を腿の上に優しく抱き上げられた。

思わずよろよろと胸にすがりついて、良英は言った。

「……すみま、せんっ、私だけ、こんなふうに……」

「謝ることなんてない。おまえが可愛い姿を見せてくれるのが、俺の一番の悦びなんだからな」

賢人がねぎらうように言って、キスの痕がうっすら残る首筋に優しく口づけて訊いてくる。

「今度はつながって、おまえを啼かせたい。そうしてもいいか？」

「……もちろんです」

どんなに気持ちよくなっても、賢人と一つになって感じる悦びにはとても敵わない。

体でそれを知っているから、彼を受け入れるのだと思うだけで内奥が疼く。

このまま彼の上にまたがってしまおうと、彼の胸から体を起こしたのだが、賢人はベッドサイドテーブルに手を伸ばし、引き出しの中を探っている。

もしや、コンドームか何かを探しているのだろうか。

でも……。

「あなたさえよければ、そのままで、したいです」

「だが……」

「あなたを直に感じたいんです。最初のときみたいに。駄目、ですか？」

良英は哀願するように言って、シーツに膝をついて賢人の腰をまたいだ。

賢人が笑みを見せ、良英の腰に手を添えて言う。

「……駄目なわけがない。俺もそうしたいと思っていたからな。このまま、ゆっくり腰を落とせるか？」

「はい。……ん、ぁ……」

賢人の切っ先に後孔を合わせ、腰を沈める。

頭の部分がぐぷりと中に入り込んだだけで、その熱さに肌が粟立った。

最初のときと違いオイルも使っていないし、大きさもどこまでも凶暴だけれど、あれから何度も抱き合ってきたから、良英はすっかり甘い体になっている。彼の熱を感じただけで、まるで体が溶かされるみたいに孔がほどけていくのがわかる。

良英は息を整え、体を支える脚の力を抜いた。

「あ、んっ、はあ、あ」

自重で自然に落ちていくだけで、巨大な肉杭がずぶずぶと後孔に沈み込む。

賢人の剛直は常になく硬く、まるで熱した楔か何かのようで、良英を容赦なく挿し貫いてくる。最初のときに、侵食され、支配されるようだと感じたのをうっすら思い出すが……。

「ああ、すごいな……。今度こそ、おまえにどこまでものみ込まれてしまいそうだ」

賢人が感嘆したようにほう、と息を吐く。

「でも、なんだかとても落ち着く。まるでおまえに、抱き締められているみたいだ」

うっとりと艶めいた表情でこちらを見つめながら、賢人が言う。

自分とつながって、賢人がそう感じてくれるとは思わなかった。想いを伝え合い、恋人同士になってみると、これは支配ではなく融合だと感じる。

ずっと愛とは何かも知らないままに生きてきたが、今二人の間にあるものは、間違いなく愛だ。だから賢人と抱き合うことは、これからは愛の行為と呼べるのかもしれない。

こんなにも幸福なことがあるだろうか。

「愛しているよ、良英。心からおまえを。おまえだけを……！」

「賢人、さんっ、……あぅ、あぁぁっ」

すべて収めてしまう前にズン、ズンと下から突き上げられ、その重量感にめまいを覚える。

最初から内奥をいっぱいまで押し開かれて、少し苦しいけれど、身を貫く雄の一突き一突きの重みが賢人の自分への愛情のように感じて、知らず笑みすらこぼれてしまう。

賢人の首に腕を回してつかまり、動きに合わせて腰を揺すると、賢人が腰に添えた手を双丘に移動させ、上下の動きを優しく支えてきた。

ゆったりとした律動のたび中が大きくこすれ合って、次第に内筒に喜悦が走り始める。

「ぁ、あっ、はあ、ああ」

「よくなってきたか？」

「は、いっ、すごく、ぃいですっ」

「俺もだ。おまえが俺に絡みついて、搾り上げてくる。溶かされそうだっ」

内臓がせり上がりそうなほど彼を深くまで受け入れ、ぬぷっと引き抜かれては、また付け根までズンとはめ戻されて。

遮るもののない交合は、熱を直に伝え合う。内襞が一重一重幹に絡んで追いすがる感触が、互いをさらに熱くするようだ。

なめらかな動きのたび、肉筒に鮮烈な快感が広がり、電流が走ったみたいに全身がしびれ上がる。

賢人もたまらないのか、快感をこらえるようにきゅっと眉根を寄せ、息を荒くしながら腰を使う。それに合わせて腰を前後に揺すったら、中の感じる場所に切っ先がダイレクトに当たって、ヒッと悲鳴を上げそうになった。

「ここ、好きだな？」

「あうっ、ああ、そ、こっ、はあ、あああっ」

賢人に双丘をつかまれ、腰を激しくグラインドさせられて、声が裏返る。

内腔前壁にあるくぼみは、良英の最も弱い場所だ。硬い肉の切っ先でゴリゴリとこすり立てられ、凄絶な快感に背筋が弓のように反り返る。

汗ばんだ喉元や胸にキスをされ、ちゅ、ちゅと吸いつかれるたびに後ろがきゅうきゅうと収縮して悦びが爆ぜ、行き来する賢人を締めつける。

そのきつさがこたえるのか、賢人が低くうなるように言う。

「くっ、ものすごい締めつけだ。そんなにも、いいのか？」

「ん、ぅうっ、い、ぃ、もっ、どうか、なってしまい、そうっ！」

「ふふ、そういうおまえも、見てみたい気がするな」

賢人が言って、目を細める。

「だが、すまない、おまえが可愛すぎて、もうあまり、長くは……っ」

「は、ああっ、そ、なっ、激、しっ……！」

視界がぐらぐらと歪むほど激しく身を揺さぶられて、意識が遠のきそうになる。

賢人がこんなにも余裕をなくすのは珍しいけれど、そうなるのも無理はない。

こすれる場所は甘く潤んで溶け合って、もはや二人の境目すらもあやふやだ。良英のほうも、もう感じすぎてわけがわからなくなりそうなのだ。

（これが、恋人同士の、セックス……！）

身も心も求め合ってする、極上のセックス。

賢人が求めていたもの、そして良英が欲しかったもの。

愛し合うということの本当の悦びを知って、目が潤みそうになる。

「賢人、さんっ、好、きっ……」

「良英っ」

「あなたを、くださいっ、私の、中に……！」

「良英、良英……！」

賢人が体をかき抱いて、追い立てるように雄を突き立ててくる。

振り落とされないよう、首にしがみついて応えると、体の芯から喜悦の波がひたひたと押し寄せてきた。

「ひ、ぅっ、達、きますっ、もうっ、あっ、ああっ、あぁああ――――」

ガクガクと身を揺さぶられながら、賢人に抱きついて絶頂に達する。

重なった腹の間で良英自身が悦びの白蜜をまき散らし、後ろはきつく肉茎を搾り上げ、賢人を終わりへと導く。

「良英っ、出す、ぞ……！」

賢人が苦しげに告げて、良英をズンと突き上げて亀頭球まで己を沈め、動きを止める。

「あっ……、あ、ああっ」

ざあ、ざあ、と噴き出すようにあふれ出る灼熱を肉壁に浴びせられて、それだけでまた達ってしまう。

想像していた以上の、おびただしい量の白濁。

発情したオメガなら、もうこれだけで子を孕んでしまいそうだ。

でも、ベータの自分は……。

「……愛している、良英。おまえだけだ。これが、そのしるしだ」

「っあ……！」

賢人が右の首筋に顔をうずめ、きつく吸いついてきたから、小さく悲鳴を上げた。

番の噛み傷の代わりの、キスの痕。

賢人の確かな愛を感じて、心が震えてくる。

ベータの自分でも、賢人は愛してくれている。良英が不安を覚える隙など与えず、これからもずっと、こうして愛のしるしをつけてくれるに違いない。

そうやって愛を知らなかった良英に、愛とは何かを教え続けてくれるだろう。

生涯の伴侶として――。

「私も、愛しています。愛し続けます。あなただけを、ずっと……！」

良英の紡ぎ出した愛の言葉に、賢人が笑みで応え、口づけてくる。

愛を確かめ合うキスの甘露に、良英はうっとりと酔いしれていた。

END

あとがき

「頑なベータは超アルファに愛されすぎる」をお読みいただきありがとうございます！

今回は初めてのベータ受け作品です。とかくモブになりがちなベータだけれど、できれば素敵なアルファに愛されて幸せになってほしいなぁ、と思って書きました。

タイトルは「超」と書いて「ハイスペック」と読みますが、「超アルファ」という字面自体がなんだかとても強くて、私としてはすごく好きなタイトルになりました。楽しんでいただけていましたら幸いです。

挿絵を描いてくださったみずかねりょう先生。「箱入りオメガは悪い子になりたい」に続いて美しいイラストをありがとうございます。カバーイラストの賢人の圧と、戸惑いながらもそれを受け止める良英が、とても大人っぽくて素敵です！

担当のS様。毎度的確な改稿アドバイスをありがとうございます。

読者の皆様。ここまで読んでいただきありがとうございました。

またどこかでお会いできますよう!

二〇二三年(令和五年)一月　真宮藍璃

プリズム文庫をお買い上げいただきまして
ありがとうございました。
この本を読んでのご意見・ご感想を
お待ちしております!

【ファンレターのあて先】
〒153-0051　東京都目黒区上目黒1-18-6 NMビル
(株)オークラ出版　プリズム文庫編集部
『真宮藍璃先生』『みずかねりょう先生』係

頑なベータは超《ハイスペック》アルファに愛されすぎる

2023年03月03日　初版発行

著　者　真宮藍璃
発行人　長嶋うつぎ
発　行　株式会社オークラ出版
〒153-0051　東京都目黒区上目黒1-18-6　NMビル
営　業　TEL:03-3792-2411　FAX:03-3793-7048
編　集　TEL:03-3793-6756　FAX:03-5722-7626
郵便振替　00170-7-581612(加入者名:オークランド)
印　刷　中央精版印刷株式会社

ISBN978-4-7755-3005-4